나 답 게

쓰 는

날 들

# 나답게 쓰는 날들

어느 에세이스트의 기록:
**애정, 글, 시간, 힘을 쓰다**

유수진 지음

상상출판

나답게 쓰는
사람들을

위하여


나는 깊이 경험하고 생각한 이야기를 쓸 때는 주춤거리지 않는다. 반면 내가 경험하지 않은 일을 글로 쓸 때면 비겁하게 적당한 말 뒤에 숨게 된다. 내 견해와는 다를 수 있고, 사실과 약간은 다를 수도 있다는 뉘앙스를 풍기면서.

『에세이 만드는 법』의 저자 이연실 편집자에 따르면, 에세이는 곧 작가가 자기 삶의 일부를 파는 일과 같다. 나도 글을 쓸 때마다 내 경험을 파는 것이라고 생각했기에, 어떤 일을 실제로 경험하지 않아 느끼고 생각한 점이 없으면 글을 쓰지 못했다. 그래서 되도록 많이 움직여야 했다.

지하철에서는 눈을 빠르게 굴려 글감이 될 만한 게 없나 여기저기를 관찰했고, 도서관까지는 버스를 타지 않고 걸어 다니며 동네의 변화들을 찾았다. 또, 주말에는 글쓰기 모임에 나가 새로운 사람들을 만나며 내가 경험할 수 있는 사람의 범위를 넓혔다. 그렇게 실제로 경험을 하고 그 속에서 명확한 생각이 떠올라 글을 쓰면, 쭉쭉 뻗은 길은 만들지 못해도 최소한 길을 잃는 법은 없었다.

돌아보면 나의 20대는 쓸 만한 사람임을 인정받기 위해 발버둥 치는 시간이었다. 나 자신을 어떻게 쓸 것인지 차근히 생각해 보기엔, 오늘을 끝내지도 못했는데 내일이 쏟아져 내리는 자비 없는 하루하루였다. 마치 경험하지 않은 일을 글로 쓰는 사람처럼 쭈뼛거리며 3인칭 관찰자 시점으로 내 삶을 바라보았다.

그러다 나를 1인칭 주인공 시점으로 바라보기 시작한 건, 30대를 코앞에 두고 에세이스트가 되면서부터였다. 내 눈으로 보고, 가슴으로 배우고, 어깨로 부딪치고, 무릎이 깨지며 배운 것들을 작은 방 안에서 글로 쓰며 겸허히 오늘을 보내고 내일을 기다리는 사람이 되어갔다. 누군가에게 쓸 만한 사람임을 인정받고자 하는 마음만큼, 내가 나를 인정하고 안아주는 마음도 있어야 당당하게 말하고 쓸 수 있는 에세이스트가 될 수 있다는 사실을 그때 배웠다.

글을 쓸수록 내가 가진 것을 더 잘 쓰는 사람이 되고 싶어졌다. 사랑하는 사람들에게 덜 짜증 내고, 더 다정하게 대하면서 나와 타인에게 좋은 사람이 되고 싶었다. 그래서 누군가를 기다리는 동안에는 책을 읽으며 기다림을 채움으로 바꿨고, 내 글이 무단 도용당하는 일을 겪은 후에는 똥 밟았다고 생각하기보다 다른 이에게 같은 일이 재발되지 않도록 내가 할 수 있는 최선의 대응을 다했다. 그러면서 자연스레 글 또한 막힘없이 써내려갈 수 있는 힘이 생겼다.

나답게 쓴다는 건 무엇일까. 큰돈을 벌어도 제대로 써보지 못한 채 날려 먹는 사람이 있는 반면, 단돈 7만 원으로 35일 동안 순례길을 걷는 청년도 있다. 나도 가끔은 "당첨되세요" 라고 인사해 주는 로또 가게 주인 아저씨의 말에 희망을 걸어 보기도 하지만, 내 진짜 희망은 매주 토요일 밤이면 의미가 사라질 종이 조각에 있지 않다는 것을 잘 안다. 단돈 7만 원으로 돈을 주고도 살 수 없는 경험을 한 순례길의 청년처럼, 내 희망은 로또 가게 옆 카페에서 5천 원 주고 산 커피 한 잔을 놓고 이 글을 쓰는 바로 여기에 있다.

산다는 건 나를 쓰는 시간으로 채워가는 일이 아닐까. 나를 써온 시간들이 모여 만들어진 이 책은, 죽을 때까지 잘 쓰는 사람이 되고 싶은 내 나름의 사는 법이자 한 번 사는 인생 잘 쓰고 싶은 사람들에게 전하는 응원이다. 주춤거리지 않고 나답게, 당신답게 쓰는 날들을 위하여.

차례

프롤로그 006

# 1

## 애 정 을 쓰 는 일

: 사랑하는 만큼 보이는 것들

네 안에 있는 상처받은 어린이에게 — 016

보조 바퀴 같은 사람, 엄마 — 019

출근길에 그 남자가 주고 간 것 — 023

제대로 된 사람을 만났다는 증거 — 026

열 살 차이 나는 인턴과 함께 일한다는 것 — 031

원래 그런 사람이라는 감옥 — 035

왜 죽일 생각부터 했을까 — 039

월세 입금을 깜빡했다 — 043

친구와 적, 그 중간 어딘가에서 — 046

동료의 실수를 전체 회신으로 공유한다면 — 050

말을 걸지 않는 택시     — 054

이름을 외우는 일     — 057

별의별 공포증     — 061

메일을 보내고 5년 뒤에 일어난 일     — 065

우리가 맞잡은 손을 기억하나요?     — 069

2

글 을 쓰 는 일

: 세상은 아직 살 만하니까

제 이상형은요, 잘 쓰는 사람이요     — 076

이 책엔 사랑 이야기가 없네요     — 081

비로소 자신의 주인이 된다     — 084

청소년들이 꼭 글을 쓰면 좋겠다     — 087

힘내라고 말했다면 죄송합니다     — 091

'꾹'에서 '꾸욱'으로     — 094

단 한 명을 위한 글쓰기 클래스     — 098

뒷사람을 위해 문을 붙잡고 있는 신사처럼     — 102

데드라인의 마법     — 105

당신의 노래는 언제나 내게 힘을 주고 있었다     — 108

# 3

## 시 간 을 쓰 는 일

: 한 번에 되지 않아도 괜찮아

글쓰기 모임은 겨우 여섯 번입니다 — 114

내가 기대한 글쓰기 모임의 평점 — 118

동굴에 들어간 당신에게 — 122

취미가 없다는 건 조금 슬픈 일인 듯 — 125

내가 있는 이곳은 우물일까, 바다일까 — 129

영원한 관리 대상, 뱃살처럼 — 133

가까워지되 굳이 가까워지지는 말고 — 136

친구 목록 점검이 있겠습니다 — 140

'사람은 착해'라는 악순환 — 143

셀카를 많이 찍으면 좋은 점 — 146

운전은 큰 벽이었고 나는 그 벽을 무너뜨렸다 — 149

돈 주고도 못 사는 엽서 — 152

예전처럼 다시 사랑받을 수 있을까요? — 155

다음에 또 같이 일하고 싶은 사람 — 159

시급의 가치를 결정하는 사람 — 163

두 가지 맛을 혼합한 아이스크림처럼 — 167

비가 오나, 눈이 오나, 산 — 171

4

: 그런 날도 있다

서른둘, 작업실을 구했습니다 —178

내가 그 분식집에 안 가는 이유 —182

나를 슬프게 하는 점심 메뉴 —185

거참, 주문하기 어렵네요 —189

막상 해보고 나면 별거 아닌 일 —193

내 글을 무단 도용당했다 —198

살면서 겪지 않아도 될 일을 겪게 된다면 —203

더 격렬하게 아무것도 안 하고 싶은 속마음 —207

변기를 뚫는데 왜 행복할까 —210

이미 알아야 할 것은 다 알아버렸는지도 —214

작아도 내 상처라서 —218

물 한 모금을 남겨놓는 습관 —221

물결이 빠진 대화 —224

겉으로 쿨한 사람, 속으로 꿍한 사람 —227

이상하다고 생각하면 머리가 이상해져요 —230

저, 잠깐 할 말 있어요 —234

# 애정을 쓰는 일

사랑하는 만큼 보이는 것들

1

네 안에
있는

상처받은
어린이에게


JTBC 〈내가 키운다〉에 출연하는 김나영은 홀로 두 아들을 키우고 있다. 발육이 남다른 첫째와 유리 멘탈의 둘째를 한꺼번에 돌보는 일은 체력적으로도 정신적으로도 쉽지 않아 보인다. 도와주는 사람이 있으면 좋겠다만, 그녀의 어머니는 그녀가 초등학교에 들어가기도 전에 돌아가셨다고 한다. 소녀로, 숙녀로, 그리고 엄마로 자라오는 동안 어머니의 부재가 얼마나 컸을까. 두 아들에게는 부족함 없는 엄마가 되어주고 있지만, 어릴 적에 담임 선생님을 '선생님 엄마'라고 불렀다던 그녀의 마음 안에는 여전히 커다란 상처 구멍이 있을 것이다.

그런 그녀가 말하길, 몇 년 전 한 프로그램에서 인연을 맺은 가수 양희은이 어린이날 선물을 받기엔 너무 커버린 그녀에게 선물과 카드를 건넸다고 한다. 그리고 카드에는 이렇게 적혀 있었다.

"조금 있으면 어린이날이다. 네 안에 있는 상처받은 어린이를 위해서 준비했어."

양희은은 엄마의 빈자리를 느끼던 어린 시절의 김나영에게 먼저 다가가 '어른'이 되어주었다.

내 오른쪽 눈 위에는 상처가 하나 있다. 어릴 적에 샤워를 하고 수건으로 몸을 닦던 중, 언니와 장난을 치다 넘어져서 눈 위가 찢어진 것이다. 사실 크게 아프지는 않았는데 피가 많이 났다. 그래서 정확히 어디가 다쳤는지도 잘 보이지 않았다. 어린 나를 씻기고 잠시 눈을 뗀 찰나에 이런 일이 벌어졌으니 엄마는 얼마나 놀랐을까. 눈가에서 피가 철철 흐르는 나를 차에 태우고 우리 가족은 황급히 병원으로 향했다.

너무 어렸을 때라 몇 바늘을 꿰매었는지조차 잘 기억이 나진 않지만, 병원으로 향하는 차 뒷좌석에서 엄마 무릎에 누워 있던 기분은 생생히 기억난다. 엄마는 엉엉 울면서도 지혈을 위해 내 눈 위를 꼭 누르고 있었는데, 엄마 품에 안겨 있으니 피가 나는 것도 그렇게 무섭지 않았다.

할머니, 할아버지를 모시면서 장사에 육아까지 해야 했던 엄마는 나를 그렇게 꼬옥 안아줄 수 있는 시간이 많지 않았고, 그래서 어린 나는 병원이 더 멀었으면 좋겠다는 생각과 함께, 철이 없게도 다치기를 잘했다는 생각까지도 했던 것 같다.

상처는 어떻게 생겼는가보다 어떻게 치유되었는가가 더 중요하다. 어른이 된 지금, 눈 위에 있는 상처가 흉이라기보다는 훈장처럼 느껴지는 것을 보면 말이다. 만약 그때 나를 품에 꼭 안고, 눈 위를 지그시 누르며 내 상처를 제대로 돌봐준 어른이 없었더라면 어땠을까. 나는 내게 일어난 사고에 대해 분노하고, 억울해하다 결국엔 마음에까지 상처가 났을 것이다. 그리고 그런 채로 안쓰러운 어른이 되어버렸을 것이다.

이제는 잘 생각나지도 않지만, 어린 날에 겪은 크고 작은 상처들이 더 있을 것이다. 그 상처를 과거에는 아무도 발견하지 못했더라도 어른이 된 지금 내가 어루만져 줄 수는 있지 않을까.

나 그리고 내 곁에 있는 사랑하는 사람에게 그런 상처가 있지는 않은지 돌아보는 것. 어른이 된 우리가 해야 할 일이다.

보조 바퀴
같은 사람,

엄마


두 번째 회사에서 퇴사를 결심하고 사직서를 쓰기 전, 엄마에게 문자를 한 통 보냈다.


"나 퇴사할래. 아르바이트 세 개라도 뛸게. 그게 낫겠어."


돈 벌어오라고 한 적도 없는 엄마에게 왜 그런 문자를 보냈을까. 첫 번째 회사에서도 6개월 만에 퇴사하고, 두 번째 회사에서도 똑같이 6개월을 다녔을 무렵이라 사회적으로 끈기 없는 사람으로 낙인이 찍힐까 봐 두려움이 컸다.

엄마는 내가 6개월 다닌 첫 회사를 그만둘 때에도 별다른 말을 하지 않았지만, 왠지 자랑할 만한 딸이 되지 못한 것 같아 엄마에게 가장 먼저 미안한 마음이 들었다. 하지만 그럴 때마다 엄마의 답장은 "응, 알아서 해" 정도였던 것 같다.

어렸을 때부터 엄마는 내가 하는 일에 대해 자신의 의견을 주입한 적이 없었다. 시험을 잘 보라든지, 좋은 대학을 가라든지 그 흔한 잔소리 한번 한 적이 없었다. 내 사춘기가 극에 달했던 중학교 1학년 때, 담임 선생님에게서 전화를 받았을 때에도 혼내지 않았다. 그래서 어쩌면 두 번째 회사를 퇴사하겠다고 마음먹은 그날, 엄마에게 문자를 보냈을 때에도 나는 '네가 알아서 해'라는 대답이 돌아올 걸 이미 알고 있었을지도 모른다. 그 회사를 겪은 사람도, 퇴사를 하고 나서 또 다른 일을 찾아나가야 할 사람도 결국 나 자신이기 때문에 엄마는 늘 그랬듯이 버티라는 말 대신 알아서 하라는 대답을 해준 것이다.

신기하게도 엄마의 알아서 하라는 말은, 다른 사람들이 하는 말과 다르게 무책임하게 느껴진 적이 없었다. 나를 덜 신경 써서, 귀찮아서, 원망받고 싶지 않아서 하는 말과는 느낌이 달랐다. 오히려 상대방에게 버티라고 말하는 것이 얼마나 더 무책임한 일인지를 알게 해주었고, 버티는 것만이 해답은 아니라는 것을 스스로 깨닫게 해주었다. 만약 그때 엄마가 나에게 버티라고 말했다면 얼마간 그 회사를 더 다녔을 수도 있고, 또 반대로 시원하게 그만두라고 말했다면 훨씬 더 홀가분한 마음으로 퇴사를 결정했을 수도 있다. 하지만 그 두 가지 경우 모두 오롯이 내 선택이 될 수는 없었을 것이다.

그로부터 몇 년 뒤, 엄마와 같이 한 직업에 대해 소개하는 TV 프로그램을 보는데 엄마가 나지막이 말했다.

"내 딸이 저 일 한다고 했으면 말렸을 거야."

그 직업은 이 세상에 없어서는 안 될, 존경받는 직업이긴 하지만 개인에게는 매우 힘든 일이었다. 지금껏 무언가를 하라고도, 하지 말라고도 하지 않았던 엄마가 그렇게 말하니 조금 신선하게 들렸다. 그러고 보니 내가 언젠가 장난으로 오토바이를 타보고 싶다고 했을 때 엄마가 딱 한 번 "안 돼!"라고 외쳤던 게 떠올랐다. 엄마가 내게 "안 돼!"라고 소리를 지른 적은 아마도 그때가 처음이었던 것 같다.

어른이 아이에게 자전거 타는 법을 가르쳐 줄 때 '뒤에서 잡고 있으니 걱정하지 마'라고 말해놓고 스리슬쩍 손을 떼어버리는 것처럼, 엄마는 내게 '알아서 해'라고 말해놓고 뒤에서 내가 엄마의 안전 범위에 있는지를 지켜보고 있었던 게 아닐까. 쌩쌩 달리는 것은 내가 알아서 할 일이지만, 자갈밭에만 넘어지지는 않았으면 하는 마음으로.

알아서 하라던 엄마의 말이 왜 서운하게 들리지 않았는지 이제야 이해가 간다. 내가 기를 쓰고 바퀴를 굴리지 않아도 잠시 멈출지언정 넘어지지 않을 수 있었던 건, 뒤에서 묵묵히 지탱해 주는 보조 바퀴가 있었기 때문이다.

출근길에

그 남자가
주고 간 것


스물여섯 때 다니던 회사의 출근 시간은 8시였다. 당시 사회 초년생이었던 나는 몇 번이나 픽픽 쓰러지면서도 매일 8시보다 20분씩 일찍 출근했다. 그러려면 최소 6시 25분에는 마을 버스를 타야 했는데, 특히 겨울에는 주변이 모두 암흑 같아 더 우울했다. 이런 게 돈 버는 일이구나, 하며 무거운 몸을 이끌고 마을버스에 올라타면 매번 그 시간에 타는 동네 분들이 보였다. 그중 내가 가장 어려 보였고 매일같이 앉던 자리에 앉아 크게 한숨을 몰아 쉬고는 눈을 붙였다.

그렇게 몇 개월을 다녔을까. 유독 춥고 어두컴컴했던 어느 겨울 아침, 버스에서 내려 안양역 지하철을 타러 올라가는데 캐주얼한 정장을 입은 한 중년의 남자가 나를 불러 세웠다. 아주 급한 목소리로 "아가씨!"라고 불렀다. 이 아침에 누군가 나를 불러 세운 적이 단 한 번도 없었기 때문에 소스라치며 놀랐다. 스산한 새벽 공기 때문에 더 긴장된 순간이었다.

그는 내게 잠깐만 기다려 보라고 하더니 허둥지둥 역내 편의점 안으로 들어갔다. 투명한 유리벽 건너편의 남자는 무엇을 골라야 할지 몰라 당황해 하면서도 무언가를 잡히는 대로 집고 있었다. 그 모습을 지켜보면서 '그냥 가야 하나?' 수백 번을 고민했다. 회사에 늦을까 봐 걱정도 됐고, 내 나이가 몇인데 알지도 못하는 사람이 기다리란다고 기다리고 있는 것도 이상했으니까. 그런데 왠지 모르게 그때는 다리가 꿈쩍도 하지 않았다. 잠깐만 기다려 달라는 그의 말이 나쁘게 들리지 않았다.

잠시 후, 그가 서둘러 편의점에서 나왔고 그의 손에는 다이제와 따뜻한 꿀차가 들려 있었다. "이걸 왜…?"라고 묻기도 전에 이미 내 손에는 그것들이 들려 있었다. 그제야 그는 내가 자신을 경계한다고 느꼈는지 상황을 설명했다.

"110동 살죠? 그 주차장에 있는 좋은 차, 내 차예요('저 이상한 사람 아닙니다'라는 의미였던 것 같다). 그냥 내 딸 같아서, 뭘 사주고 싶은데 뭘 좋아할지 몰라서. 회사 가서 먹어요!"

아마도 그는 매일 아침 툴툴거리면서도 단 한 번도 6시 25분 마을버스를 놓치지 않았던 나를 오래도록 지켜봤을 것이다. 그런 모습이 기특해 무언가를 시주고 싶어서, 당장 눈에 띄는 편의점으로 달려 들어가 허겁지겁 손에 잡히는 대로 집은 것이 다이제와 꿀차였던 것이다. 혹여 출근하는 데 지장을 주진 않을까, 마음 급해 하면서.

어쩌면 그는 내 모습을 보며 신입 사원 시절의 자신이 떠오른 게 아니었을까. 누구보다 일찍 출근해 선배님들의 자리를 닦거나, 오늘 있을 미팅에서 실수하지 않기 위해 연습하고 또 연습하던 신입 때가 문득 떠올랐을지도 모른다. 그러니까 그가 내게 준 다이제와 꿀차는 아침에 죽어라 일어나기 싫어하던, 하지만 열정 하나는 가득했던 그때의 자신에게 건네는 용기가 아니었을까.

출근하는 내내 손에 들린 간식을 한참 바라보았다. 무언가 잃은 적도 없지만 모든 걸 보상받은 듯했다.

제대로 된
사람을

만났다는
증거


"으예에? 언제 퇴사하신다고요?"

"한 달 뒤. 그렇게 됐네! 하하…."


상사가 퇴사를 앞둔 한 달 동안 그녀의 뒤꽁무니를 쫓아다니기 바빴다. 일하는 뒷모습, 카페에서 주문하는 모습, 화장실로 뛰어가는 모습까지. 과장 조금 보태 일거수일투족을 기억하고 싶을 만큼 믿고 따르던 상사였다. 사람과 사람 사이에 미움 없이 순수하게 '본받고 싶다'는 마음 하나로 좋아했던 유일한 사람. 그런 분과 1년 넘게 함께 일한 것만으로도 감사할 따름이지만, 막상 그녀와 떨어진다고 생각하니 조금 더 부대끼고 싶다는 욕심이 들었다.

욕심이 컸던 만큼 시간은 더 빠르게 흘렀다. 상사의 출근 마지막 날, 회사 빌딩 앞에서 포옹을 하는 순간에도 우리가 내일부터 함께 일하지 않는다는 사실이 믿기지 않았다. 일을 하다가 잘 모르겠을 때, 인간관계 때문에 속이 답답할 때, 더 이상 회사 메신저로 그녀에게 답을 구할 수 없다는 생각에 주책맞게 눈물이 흘렀다. 물론 그 이후로도 우린 회사 밖에서 자주 만났고, 개인 메신저로도 이전보다 더 많은 일상 이야기를 나눴지만, 사무실 복도를 지날 때마다 마주하던 그녀의 빈 자리는 오래도록 크게 느껴졌다.

상사가 퇴사한 지 1년이 채 지나지 않았을 무렵, 나는 한 인턴 사원과 함께 일하게 됐다. 누군가를 100% 리드해야 하는 자리는 처음이었고, A부터 Z까지 책임져야 하는 부담감은 생각보다 많이 컸다. 갑자기 맡게 된 매니저 역할이 혼란스러워 인턴 사원을 만난 초반에는 나도 어찌할 바를 몰랐다. 우리가 한 팀이라고 하기도, 아니라고 하기도 뭐한 우왕좌왕한 형태로 며칠이 흘렀을 때쯤 '과거 나의 상사였다면 이렇게 하지 않았을 텐데'라는 생각이 들었다.

내가 상사를 믿고 따르게 된 데는 많은 이유가 있었지만, 무엇보다 그녀는 나의 의견을 무시한 적이 없었다. 쓸 만한 의견은 어떻게든 업무에 반영해 주었고, 아무리 형편없는 의견이라도 그 의견이 왜 형편없는지, 어떻게 더 발전시킬 수 있는지를 꼭 피드백해 주었다. 그 과정에서 내가 팀원으로서 우리 팀에 도움이 되고 있음을, 팀에서 불필요한 존재가 아니라는 안정감을 느낄 수 있었다. 반면, 나는 인턴 사원의 의견에 귀 기울일 여유가 없다는 핑계만 대고 있었다.

또한, 상사는 팀원들이 유일한 정답을 찾는 일에 매몰되는 것이 아니라 큰 목표를 인지하고 그곳에 도달할 수 있게끔 이끌었다. 가끔 내가 크게 중요하지 않은 작은 실수에 연연하며 일의 진도를 나가지 못하면 "괜찮아요!"라는 말과 함께 빠르게 수습하고 툭, 새로운 힌트를 하나 던져주었다. 올바른 방향으로만 나아가고 있다면, 빠르게 포기할 줄 아는 태도 또한 방법이라는 것을 그때 배웠다. 반면, 나는 인턴 사원의 작은 실수에 신경을 곤두세우고 혹여나 그것이 일에 큰 영향을 미칠까 봐 노심초사하고 있었다.


부족하게나마 상사를 흉내내고 싶었다. 기왕 리더 역할을 맡았다면 그녀와 닮은 모습으로 팀을 이끌고 싶었다. 그래서 우선, 인턴 사원이 나의 어떤 일들을 도와주었으면 하는지, 업무적으로 고쳐주었으면 하는 것은 어떤 부분인지 글로 정리한 다음, 그에게 잠깐 이야기 좀 나눌 수 있냐고 물었다. 자칫 내 말이 오해를 사서 의욕 넘치는 인턴 사원의 사기를 꺾진 않을까 조심스러웠다. 그런데 예상과 달리, 내 이야기를 듣던 인턴 사원은 자신의 부족한 점을 알려주어서 감사하다고 말했다. 일이 바쁘다는 이유로, 어차피 말해봤자 쉽게 고쳐지지 않을 거라는 혼자만의 판단으로 미루어 온 나의 피드백을, 인턴 사원은 기다리고 있었다.

그는 내 피드백을 들은 바로 다음날부터 업무적으로 부족한 점을 눈에 띄게 고쳐나갔다. 이러한 변화를 보며, 내가 고쳐야 할 점은 미루어 짐작하는 태도, 편안하게 커뮤니케이션할 수 있는 환경을 만들지 못한 것이었음을 깨달았다. 그 이후로 자주 미팅을 하고 친분이 쌓이다 보니 인턴 사원도 자신의 역할을 안정감 있게 해나갔다. 덕분에 혼자 끌어안고 있던 업무의 상당량이 덜어져 나 또한 리더로서 부족한 점을 보완해 갈 수 있었다.

몇 개월이 지났을까. 나처럼 한 팀을 이끌고 있던 다른 팀 동료가 말했다.

"수진 님네 팀은 죽이 척척 잘 맞는 것 같아요."

우리는 다른 동료들이 보기에도 완벽한 '팀'이 되었다. 그렇게 약 1년 정도의 시간이 흘렀고 팀을 잘 이끌어 왔는지는 사실 모르겠다. 다만 확실한 것은, 1년 동안 변화한 내 모습이 싫지 않았다는 것이다.

칼럼니스트이자 방송인 곽정은이 이런 말을 했다. "제대로 된 사람을 만났다는 증거는, 그 사람과 함께 있을 때 변해가는 내 모습이 자신의 마음에 드는지로 확인할 수 있다". 좋은 상사를 만났다는 증거도 크게 다르지 않은 것 같다.

# 열 살 차이 나는
# 인턴과

## 함께
## 일한다는 것


"젊은 패기로 신속 정확하게 뉴스를 전달한다. 안녕하세요, 주현영 인턴 기자입니다."


쿠팡플레이 〈SNL 코리아〉의 '위켄드 업데이트' 코너에 주현영 기자가 첫 등장한 이후 그녀는 연일 화제에 올랐다. 어디선가 한 번쯤 마주친 적 있을 법한 요즘 20대들의 화법이나 표정을 조금은 과하지만 현실적으로 드러냈기 때문이다. 당황한 기색이 역력하면서도 절대로 '틀렸다'는 것을 인정하지 않으려는 몸부림은 경력 있는 신입을 찾는 사회가 만들어 낸 짠내나는 코미디 그 자체 같았다.

주 기자의 말투는 당차고 씩씩하다. 하지만 조금만 자세히 들어보아도 그녀가 하는 말들이 허점투성이라는 사실을 금세 눈치챌 수 있다. 주 기자의 답변이 점점 산으로 가자 당황한 선배 앵커가 "잘 모르겠으면 그냥 넘어가도 된다"라고 하지만, 주 기자는 차라리 기자 일을 그만두는 선택을 할지언정 절대 자신의 입으로 모른다고 답하지 않는다. 그럴 듯한 말들을 가져와선 얼렁뚱땅 답변을 무마하려고 한다.

회사를 다니면서 주 기자와 비슷한 말투나 태도로 일하는 동료들을 자주 보았다. 그들은 기술적인 전문 용어를 섞어 쓰고, 간단한 질문을 해도 어렵고 복잡하게 설명해 사람을 혼란스럽게 했다. 처음엔 나보다 전문 지식이 더 높고, 내가 잘 모르는 부분에 대한 이해도가 높은 사람이구나 생각했지만, 막상 일의 결과를 보면 완성도가 많이 떨어지곤 했다. 그럴 때면 자신감에 찼던 모습은 온데간데없이, 결국 나를 조용히 불러선 미안하다고 말했다. 차라리 처음부터 모른다고 했으면 일이 커지지도 않았을 텐데 왜 끝까지 '모른다'라고 하지 않는 걸까.

몰라도 괜찮다고 말해주는 사람이 없기 때문이다. 이제 갓 사회생활을 시작한 20대들은 아는 것보다 모르는 것이 더 많은 게 당연하다. 하지만 사회는 언제부턴가 신입에게도 경력을 원했고 패기는 기본이요, 일의 능숙함과 숙련된 눈치도 요구했다. 사회 초년생에게 그런 것이 있을 리 만무한데 말이다. 여기서 모르는 것을 들키지 말아야 한다는 강박 관념과 자기 자신에 대한 과한 보호가 불편하고 껄끄러운 말투와 행동으로 발현되는 것은 아닐까.

언젠가 홍보 담당자 1년 차였던 나 역시, 회사 생활의 대부분을 아는 척하며 보냈다. 입사한 지 일주일도 안 되었을 무렵, 대표님은 "카드 뉴스가 유행이니 우리도 카드 뉴스 한번 만들어 보자"라고 했고, 나는 포토샵을 할 줄 안다며 만들어 보겠다고 했다. 그러나 며칠 전 포토샵 책을 사서 몇 번 만져 본 게 전부였던 나는 당연히 일을 헤맬 수밖에 없었다. 퇴근 시간 이후까지 포토샵을 붙잡고 끙끙대고 있자 대표님은 뭐 하기에 아직까지 퇴근을 안 하냐며 내 옆으로 찾아왔다. 그 이후, 그는 내게 카드 뉴스 제작 강의와 마케터를 위한 카드 뉴스 제작 툴 이용권을 끊어주었다. 만약 대표님이 아직까지 포토샵의 기본 기능도 모르냐며 꾸짖었다면 어떻게 됐을까. 아마도 그때의 나는 보나 마나 엉엉 울며 사직서를 냈을 것이다. 포토샵 할 줄 모른다고 혼나서가 아니라 내가 이 일에 적합한 사람이 아니라고 생각하면서 말이다. 사회 초년생에게 능숙함이 있다면야 좋겠지만, 무엇보다도 모르는 것을 남들보다 더 빠르게 배우고 익혀나가는 역량으로 그의 실력과 태도를 평가해야 하는 것이 아닌가 생각한다. 1년 차였던 내가 회사를 그만두지 않고 즐겁게 일하며 성장할 수 있었던 이유는 내가 가지지 못한 것보다 가진 것을 더 높이 인정해 주고, 조금은 헤매더라도 후배가 더 나은 방법으로 부족한 점을 채울 수 있게 도와준 선배들 덕분이었다.

나는 요즘 열 살 차이 나는 인턴 사원과 같이 일하고 있다. 위로 열 살 차이 나는 선배님과는 일해봤어도 아래로 열 살 차이 나는 후배와 같이 일한 적은 처음이라 매일 놀랍고 신기한 것투성이다. 한번은 입사 2주 차에 접어든 인턴 사원이 작은 실수를 하곤 내게 '정신 똑바로 차리겠습니다. 죄송합니다!'라고 메시지를 남겼다. 그걸 보고는 뭐라고 답해야 할까 고민했다. 나의 선배들도 내 수백 수천 번의 '죄송합니다' 앞에서 어떤 대답을 해야 할지 고민했을까. 나는 늦은 밤까지 포토샵을 붙잡고 낑낑대던 그때의 나에게 말하듯 답변을 남겼다.

"같이 잘 차립시다. 홧팅!"

원래
그런 사람이라는

감옥


8년 전, MBC 〈무한도전〉에서는 300회를 맞아 '쉼표' 특집을
방영했었다. 무려 300회 동안 왁자지껄한 웃음을 만들어 온
멤버들의 속 이야기를 들을 수 있는 방송이었는데, 특히 '돌아
이' 캐릭터로 활약했던 노홍철이 그동안 하지 못했던 자신의
이야기를 꺼내며 눈물을 흘려 화제가 되었다. 평소 생각하던
그의 이미지와 다른 모습은 나에게도 사뭇 충격적이었다.


　그는 무한도전에서 전에 없던 돌아이 캐릭터를 만들어 냈
다. 본인이 '길바닥 출신'이라는 말을 서슴지 않았고, 언제 어
디서든 민망한 춤사위로 웃음을 자아냈으며, 추격전 같은 특

집에서는 수단과 방법을 가리지 않는 반칙 행위로 멤버들에게서 "넌 역시 돌아이야"라는 말을 듣곤 했다. 바늘로 찔러도 피한 방울 흘리지 않을 것 같은, 강철 같던 그가 닭똥 같은 눈물을 흘리며 방송에서 한 말은 생각지 못한 말이었다. 자신의 캐릭터가 카메라 밖에서도 유지되지 못하면 멤버들에게 피해를 주는 것 같다고, 그게 너무 무섭다고.

멤버들은 별다른 대답을 하지 않았다. 속마음을 어찌 알겠냐만, 모두 적잖이 당황한 듯 보였다. 그도 그럴 것이 평소엔 무척 밝고 명랑한 성격의 소유자가 아니었던가. 박명수는 멋쩍어 하며 "그게 울 일은 아닌 것 같은데?"라는 말과 함께 노홍철의 어깨를 토닥였다.


어떤 사람의 '이미지'라는 건, 사실 연예인만의 문제는 아니다. 사람들은 저마다 다양한 자아가 있고, 그 가운데서도 조금 더 두드러졌으면 하는 모습과 덜 두드러졌으면 하는 모습이 있기 마련이니까. 문제는 이 이미지라는 게 주로 우리 스스로에 의해 씌워진다는 것이다.

그런 맥락에서 나 또한 노홍철과 비슷한 사람이었다. 냉철하고 강한 애. 그 이미지는 타인이 씌워준 것이 아니라, 그동안 내가 나에게 씌운 이미지다. 이미지가 딱딱하게 굳으면 이미지의 주도권은 내가 아닌 타인에게로 간다. '원래 그런 사람'이 된다.

언젠가 힘든 일을 겪고 아침에 일어나자마자 친구에게 전화를 건 적이 있다. 원래 그렇지 않던 애가 갑작스럽게 눈물을 터뜨리니 친구는 얼마나 당황스러웠겠는가. 그리고 며칠 후 친구를 만났다. 친구는 우리가 만날 때쯤이면 내 상태가 전보다 나아져 있을 거라고 생각했던 모양이다. 친구에게 나는 늘 '원래 강한 애'였으니까. 하지만 나는 그날 더 엉망이었다.

그런 내 모습은 나 스스로도 혼란스러웠다. 열 차례의 심리 상담을 받을 때에도 그랬다. 1회, 2회, 횟수가 쌓이는데 좀처럼 나아지는 기분이 들지 않아 상담사에게 솔직하게 고백했다. 횟수가 쌓일수록 실제 내 상태와 달리 자꾸 좋아진 모습만 보이려 노력하게 된다고. 상담사님 앞에서는 그럴 필요가 없다는 걸 알면서도 좋아진 모습을 보여야 한다는 강박을 갖게 된다고.

그제서야 8년 전 노홍철의 눈물이 조금 이해가 되는 듯했다. 그는 돌아이라는 캐릭터를 사랑했고, 그 캐릭터로 시청자와 멤버들에게 웃음을 주는 일을 좋아했다. 그러나 그게 그가 가진 모습의 전부는 아니었다. 카메라 안에서의 모습이 있다면, 카메라 밖에서 그의 모습도 존재하니까. 그도 때로는 멤버들에게 다정한 말과 함께 선물을 보내기도 하고, 때로는 집에서 책을 읽으며 조용히 쉴 줄도 아는 사람일 것이다. 하지만 점점 돌아이 캐릭터가 그의 모든 일상을 잠식해 버리면서 돌아이스럽지 않은 자신의 모습이 카메라 안에서 멤버들의 몰입을 떨어뜨리진 않을까 걱정한 것이다.

사람마다 가질 수 있는 캐릭터가 여러 개임을 인정하면, 우리의 일상은 조금 더 편안해지지 않을까. 나는 여전히 강한 사람을 지향하지만, 원래 강한 사람은 아니다. 그러므로 때로는 약하디 약한 사람일 수 있음을 인정해야만 한다.

당신이 누군가를 사랑하게 된 이유가 단순히 어떤 모습 때문이었다면, 이제는 그 사람이 언제든 다른 모습을 보일 수 있다는 가능성까지도 사랑해야 한다. 우리는 단 하나의 캐릭터로 설명될 수 있는 단편적인 존재가 아니니까. 평소와 달리 오늘따라 까칠한 그 사람에게 "너답지 않게 왜 그래"라는 말 대신 평소보다 그를 더 따뜻하게 안아주어야 하는 이유다.

왜

죽일 생각부터
했을까


등산을 하던 중 나를 졸졸 쫓아오는 나비 한 마리가 시선을 잡았다. 출싹거리며 날지도 않고, 거의 기다시피 땅 위를 낮게 날기에 얼른 카메라를 들어 이 녀석을 찍었다. 다른 나비들도 몇 번 찍으려 한 적이 있는데, 하도 팔락거리며 날아 제대로 보기 어려웠던 걸 생각하면, 이 녀석은 좀 걱정이 되었다. 카메라 안에 이렇게 잘 잡히면 안 되는데 말이다. 그래도 내가 찍을 건 다 찍었으니 어서 팔락거리며 날아가길, 하는 마음으로 다시 갈 길을 갔다.

며칠 후, 또다시 등산을 하는데 생각지 못한 광경에 탄식이 나왔다. 날개 한쪽이 바닥에 버려진 채로 나비 한 마리가 찢겨 죽어 있었다. 내가 최근에 보았던 그 나비인지 아닌지는 알 수 없지만, 왠지 그 녀석이 맞는 것 같아 자리를 벗어나기가 더 힘들었다. 아마도 나비가 너무 낮게 날아서 누군가 자기도 모르게 이 녀석을 밟은 것 같았다. 처음 나비를 봤던 날, 나도 땅을 유심히 보지 않았더라면 이 녀석을 밟아 죽였을지도 모른다.

우리는 때때로, 의도치 않게 누군가에게 상처를 준다. 심지어는 꼭 직접적인 방법이 아니더라도 그를 죽게 만들기도 한다. 내가 생명을 거두어 키워본 적이 없는 것도 어쩌면 그게 무서워서였을지도.


작업실을 얻은 지 약 9개월 만에 늦깎이 손님으로 찾아온 한 친구는, 꽤 큰 화분을 선물로 들고 왔다. 이름이 '연화조'라기에 얼른 메모장에 적어두었는데, 인터넷에 검색해 보니 그런 이름의 식물은 없었다.


"일주일에 한 번 물 주래. 좀 잦아서 걱정인데, 선인장보다는 얘가 예뻐서."

최소한의 물건만 두려는 작업실에, 나를 제외한 또 하나의 생명이 생겼다. 사실 작업실에 초록 초록한 것이 있으면 좋겠다는 생각은 종종 했지만, 신경 쓰일 만한 것은 가급적 만들지 않기로 결심했기 때문에 식물을 두지 않았다. 그래도 이왕 함께하게 된 이상, "식물도 사랑을 줘야 오래 산다"라고 한 친구의 말대로, 나는 이 아이를 가만히 바라보다 일단 '사랑'이라고 이름을 지어주었다. 최대한 낯간지러운 단어로 이름을 지어주어야 그 이상한 불편함 때문에라도 이 아이를 자주 기억할 것 같았다.

사실 따지고 보면 식물을 키운 게 처음은 아니었다. 내게 식물은 작업실이 아닌 집에서는 매번 보던 익숙한 존재다. 다만 지금껏 식물에게 물을 주고, 관심 가졌던 사람이 내가 아닌 엄마였을 뿐. 식물에 대해 엄마가 뭐라 뭐라 이야기를 할 때마다 나는 한 귀로 듣고 한 귀로 흘리곤 했다. 정말 일말의 관심도 없어서였다. 가끔 엄마가 "내 손에만 들어오면 식물들이 다 죽네"하면서 자책할 때마다 속으로 '화분은 키우기 어려운 것'이라는 생각을 아주 잠시, 잠깐 하곤 했다.

사랑이가 작업실에 들어온 지 일주일이 됐을 무렵, 기가 막히게 물 주는 날을 기억하고는 처음으로 화분에 대고 샤워기를 틀었다. 귀찮을 줄 알았는데 의외로 재미있는 구석이 있었다. 내가 너를 잊지 않았다는 자신감과 내 몸을 아주 조금 움직여 생명을 키워낸다는 뿌듯함 그리고 샤워를 마친 사랑이를 보며 대리 샤워의 상쾌함을 동시에 느낄 수 있었다고나 할까. 겨우 한 번 물을 준 주제에, 이 아이를 꽤 오랫동안 잘 살려낼 수 있을 거라는 생각이 들었다.

노트북으로 작업을 하다 막힐 때, 시선을 조금만 옆으로 돌리면 사랑이가 보인다. 늘 작다고 생각했던 책상 위에 넓은 면적을 차지하게 되었는데도 생각했던 것과 달리 거추장스럽게 느껴지지가 않는다. 다행히 이 아이를 죽일까 봐 겁이 나지는 않는다. 식물 초보자는 다음 물 주는 날만 기억하기에도 벅찬 법이니까.

# 월세
# 입금을

## 깜빡했다

9월 29일. 아무런 이유도 없이 스산한 기운이 스쳐 지나갔다. 잠깐만, 오늘이 며칠이지? 내가 이번 달 월세를 입금했던가? 입금 내역을 아무리 뒤져봐도 이번 달 25일에 입금한 내역이 보이지 않는다. 아뿔싸! 월세 입금을 깜빡했다. 부랴부랴 월세를 입금하고는, 집주인에게 양해의 메시지를 하나 남겼다. 돌아온 그의 대답은 '알겠습니다'뿐이었고, 별다른 말은 없었다.

작업실을 얻고 1년이 지났다. 세를 들어 살다 보면 집주인과 이런저런 얼굴 붉힐 일이 생긴다고도 하던데, 나는 다행히 좋은 집주인을 만나 별일 없이 잘 지냈다. 아마 1년 내내 월세 입금 날짜를 어긴 적이 없었으니, 한 번은 내가 깜빡했다고 생각하곤 따로 연락을 안 준 것 같았다. 그래도 식은땀이 살짝 흘렀다. 갑자기 생각이 났으니 망정이지, 그전에 왜 이번 달 월세를 입금하지 않냐는 연락을 받았다면 아마 '내가 미쳤지' 하며 펄쩍펄쩍 날뛰었을 것이다.

혼자 살면서 배우는 것들이 있다. 누구의 도움 없이 해내야 만 하는 일들이 생각보다 많아서, 아무것도 안 하고 누워선 살 수가 없다. 이를테면 삼시세끼를 챙겨 먹는 일. 작업실 안에서 는 따로 요리를 하지 않으니 끼니 때가 되면 밖에 나가서 음식 을 사 와야 하는데 이게 보통 귀찮은 일이 아니다. 옆에 엄마 가 있었더라면 아마도 '돈까스 먹을래, 생선 먹을래?' 하며 행 복한 선택지를 줬겠지만, 혼자 있을 땐 내가 음식을 구해 와야 한다.

월세 입금과 같이 자잘한 일들까지도 모두 혼자서 책임을 져야 한다. 회사나 학교에서는 내가 무언가를 깜빡 잊고 있어 도 '그 과제 했어?' '물품 신청했어요?'라고 물어봐 주는 친구 와 동료들이 있었기 때문에 마감 기한을 놓치는 일은 없었다. 내가 지금까지 잘 살아올 수 있었던 건 어쩌면 그 모든 마감 기한에 나를 질질 끌고서라도 함께 가준 사람들 덕분일지도 모른다. 혼자 살아보고 나서야 내가 얼마나 손이 많이 가는 사람인지를 깨달았고, 사람들이 내게 내밀어 준 그 손들이 얼마나 고마운 것이었는지도 새삼 더 크게 느꼈다.

더 이상 '너 월세 입금했어?'라고 물어봐 줄 사람이 없다면 방법은 하나. 내가 두 배 더 부지런해지는 것이다. 달력 앱에 알람을 설정해 놓고, 종이 달력에도 줄을 박박 치고, 3일 전쯤부터 마음의 준비를 해두어야 한다. 혼자 지내는 건 고요해 보이지만 알고 보면 시끄럽고 식은땀 나는 나날의 연속이다.

친구와
적,

그 중간
어딘가에서

요즘은 예전만큼 친구를 자주 만나지 않는다. 각자 사느라 바빠서, 결혼한 뒤 챙겨야 할 가족들이 많아져서, 아니면 그냥 나이를 먹을수록 멀어져서. 가끔 만날 때에도 굳이 대단한 주말 약속을 잡기보다는 번개로 만나는 경우가 많다. 그게 서로에게 부담도 되지 않고 좋다. 혼자 살 때에는 다음 주 주말에 뭐할지 나 하나만 생각하면 되는데, 가족이 생기면 그들의 스케줄도 복합적으로 계산해야 하기 때문이다.

겉으로 보면 쉽게 만난 것 같아도, 그 한 번의 만남이 결코 쉽지 않음을 알기에 더없이 소중하게 느껴진다. 예전에는 지겹도록 보던 얼굴이 이제는 저 멀리서 걸어오는 것만 봐도 마음 한 편이 아린다. 이 마음을 들키면 괜히 분위기만 느끼해지니까 애써 쿨하고 시크한 척하기 바쁘지만.

그중에서도 오래된 친구는 각자의 친구들도 다 안다. 그래서 친구의 친구는 내 친구와도 다름없게 느껴진다.

"그 친구는 요즘 어떻게 지내?"
"아기를 가졌는데 몸이 안 좋아서 걱정이야."
"그럼 다른 친구는?"
"새로운 일을 시작했는데 너무 힘들다고 하더라고."

10대, 20대 때는 나만 빼고 모두가 다 잘 지내는 것 같아 보였다. 나와 같이 취업을 준비하던 친구가 나보다 먼저 취업을 하면 겉으로는 축하해 줘도 마음속으로는 솔직히 진심을 다해 축하하진 못했다. 나는 단 한 번도 생각해 본 적 없던 결혼을, 이른 나이에 결정한 지인을 보면서는 존경스러운 마음 반, 근거 없는 안타까움이 느껴지기도 했다. 그럴 때 내가 '프레너미'인가 싶기도 했다. 프레너미는 친구(friend)와 적(enemy)의 합성어로, 친구처럼 보이지만 친구인지 적인지 알 수 없는 모호한 사람을 말한다. 그때는 내가 너무 어려서 남과 나를 비교하기 바빴지, 온 마음을 다해 친구의 행복만을 빌어줄 깜냥이 되지 못했다.

요즘은 친구들에게 안 좋은 소식이 들려오면 나도 모르게 힘이 빠진다. 원래 좋은 소식보다는 안 좋은 소식이 더 많이 떠돌아다니기 마련이지만, 한때 내가 질투했던 사람들에게 닥친 안 좋은 일이 비단 남의 일처럼만 느껴지지는 않아서다. 나는 그런 소식을 들을 때마다 진심으로 그들이 멋지게 훌훌 털고 일어나기를 바랐다. 일이든 사랑이든, 나보다 앞서 좋은 소식을 전했던 이들인 만큼 넘어져도 다시 일어날 수 있다는 본보기를 내게 보여주었으면 했다. 이런 바람도 어쩌면 이기적인 마음에서 비롯된 것일지 모르겠다. 좋은 사람을 많이 만나봐야 좋은 사람을 알아볼 수 있듯이, 주변 사람들이 사는 모습을 통해 다양한 모습을 보고 배울 수 있으니까.

단지 네가 잘 살아야 내가 잘 살고, 내가 잘 살아야 네가 잘 산다는 말은 허무맹랑한 긍정설에 불과하지는 않다고 믿기에. 내 친구들이 좀 더 자기 몫을 잘 챙기고 원하는 일을 이루길 바라는 마음이다. 이제 나도 친구의 좋은 소식을 시기 질투하기보다는 나에게도 좋은 일이 찾아올 수 있다는 희망으로 받아들일 어느 정도의 깜냥은 생긴 것 같으니.

저 멀리서 걸어오는 친구의 모습이 핼쑥해졌다. 하루 종일 일에 시달리다가 퇴근한 친구는 나와 이야기를 시작하고 한 시간도 채 되지 않아 곧 잠에 빠져들 것처럼 피곤해 보였다. 그래서 술잔에 남은 한 모금의 술을 입에 털어 넣고 자리를 파했다. 얼른 집에 들어가 푹 쉬고, 내일 또 각자의 길을 걸어갈 수 있게, 다시 만날 때까지 잘 지내기를 진심으로 바라면서.

동료의
실수를

전체 회신으로
공유한다면

『그놈의 마케팅』을 쓴 저자 신영웅은 네이버 홍보실 신입 사원 시절, 하루 네 번 실시간으로 뉴스 모니터링을 해서 보고하는 업무를 맡았다. 자사나 경쟁사 등 관련 업계 뉴스를 전부 읽고 평균 50개 이상의 기사를 스크랩해 대표를 비롯한 모든 임원과 파트장들에게 발송하는 민감한 업무였다.

하루는 그가 오후 2시 실시간 모니터링 보고서를 발송한 지 얼마 지나지 않아 김상헌 대표에게서 답장이 왔다고 한다. 보내준 기사 중에 링크가 열리지 않는 것이 하나 있다고. 다행히 답장은 전체 회신이 아닌 개인에게만 보낸 메일이었다.

시간이 꽤 흐른 후, 그는 한 독서 모임에서 김상헌 대표를 만나 못다한 이야기를 들었다. 당시 김상헌 대표는 신영웅의 업무 실수를 확인하고는 이를 개인 메일로 보내야 할지, 전체 메일로 보내야 할지 잠깐 고민을 했다고 한다. 그렇게 하면 많은 직원들에게 자신이 부지런한 사람이라는 인상을 남길 수 있겠다는 생각도 했었다고. 하지만 이내 신입 사원인 신영웅에게 돌아갈 부정적인 시선이 걱정돼 개인 메일로 피드백을 준 것이었다.

나 역시 회사에서 홍보 담당자로 일하며 위와 비슷한 경험을 자주 했다. 대기업 홍보실과 커뮤니케이션하는 일도 여러 번 있어, 비록 작더라도 반복되는 실수를 하지 않기 위해 노력했다. 아주 자잘한 부분까지 거듭 확인하는 게 습관이 되었고, 그러다 보니 자연스럽게 남의 실수도 잘 보이는 경지에 다다랐다.

특히 업무 검토를 받는 입장에서 다른 이의 업무를 검토하는 입장이 되고 깨달았다. 검토란 단순히 쓱 훑고 지나가는 수준이 아니라, 두 배 이상의 업무가 더해지는 일이란 것을. 내게 전달된 업무가 잘못됐다고 생각하면 왜 잘못됐는지, 어떻게 수정하면 좋을지 피드백을 줘야 하는데, 여간 까다로운 일이 아니었다. 후배 동료가 "수진 님, 확인 부탁드립니다"라고 말하는 게 제일 무서울 정도였다. 그런데 어느 날, 분명히 내가 피드백을 줬던 부분에서 후배 동료가 똑같은 실수를 반복했다.

'나는 하나라도 실수하지 않으려고 눈에 불을 켜고 있는데 도대체 일을 어떻게 하는 거야….'

잘못하다가는 서로에게 치명적인 실수가 될 수 있는 중요한 일인데, 나만 예민하게 구는 것 같아 화가 났다. 차라리 모르는 척 넘겨버릴까, 아니면 전체 회신으로 따끔하게 충격을 줄까도 생각했다. 그러나 나는 결국 개인 메신저 창을 열었다.

"잘못됐다고 말씀드린 부분이 수정이 안 됐어요. 다시 부탁드릴게요."

많은 고민 끝에 나는 왜 전체 회신 대신 개인 메신저 창을 택했을까. 전체 회신을 했다면 누군가는 실수한 동료에 대한 신뢰가 떨어졌을 것이고, 누군가는 나를 고자질하는 사람으로 생각할 수도 있었다. 물론 누군가는 뜨끔하며 자신도 비슷한 실수를 하지 않았는지 점검해 봤을지도 모르지만.

결과적으로, 실수를 한 동료는 내 메신저를 읽고 진심으로 미안해했다. 그때 여러모로 개인 메신저를 선택하길 잘했다고 생각한다. 이후로도 회사를 다니는 동안 중요도가 높은 일 혹은 불가피한 상황이 아닌 이상 동료의 실수를 발견하면 가급적 개인에게만 살짝 귀띔해 주었다. 사람들의 시선이 집중되면 실수를 빨리 수습하기가 더 어려워지니 일의 효율을 위해서라도 개인에게만 회신하는 게 효과적이기도 했다. 다행히 같은 실수는 여간해선 두 번 이상 발생하지 않았고, 동료의 실수가 나에게 더 노력하고 조심해야 한다는 긍정적인 자극이 되어주기도 했다. 그리고 무엇보다 그렇게 누군가 눈 감아준 나의 실수 또한 엄청나게 많을 게 분명했다. 우리는 이렇게 동료 간의 비밀 속에서 조용히, 하지만 더 단단하게 성장해 나가고 있다.

말을
걸지 않는

택시

10년 전만 해도 택시를 타는 건 내게 공포였다. 길에서 손을
쭉 뻗어 택시를 잡는 게 민망하기도 했고, 목적지에 도착할 때
까지 처음 만난 나이 지긋하신 기사님과 좁은 공간에서 이야
기를 나누어야 하는 게 어색하고 힘들었기 때문이다.

최근에는 나 같은 사람들의 불편함을 해소하기 위해 선택에
따른 차량 호출 서비스가 도입되었고, 그러면서 기사님께 가
급적 손님과 불필요한 대화를 삼가도록 권장하고 있다. 내가
택시를 이용하면서 느꼈던 불편하고 민망했던 부분들이 발전
이라는 이름으로 해결된 것이다.

하루는 밤 늦게 회식이 끝나 택시를 호출했다. 앱에 도착지는 물론 자동 결제도 설정해 두었으니 나는 그저 "안녕하세요"라고 인사하고 눈을 감으면 되었다. 밤 늦게 택시를 탈 때는 웬만하면 허벅지를 꼬집어서라도 잠에는 들지 않으려는 편인데, 그날은 너무 피곤해서 꼬박 잠이 들어버렸다. 그런데 고속도로 통행료를 내던 택시 기사님이 계산원에게 인사하는 소리에 얼핏 잠에서 깼다.

"낮에는 더위 조심하시고, 밤에는 감기 조심하십쇼!"

라임도 기가 막히게 잘 맞는 그 인사를 들은 후부터는 왠지모르게 택시 안에서도 마음 편히 잠에 들어도 괜찮겠다는 생각이 들었다. 사실 아무런 대화 없이 지나쳐도 이상하지 않고, 보통은 '수고하세요'라고 짧게 인사를 하고 지나갈 텐데, 기사님은 그 찰나의 순간에 나눌 인사말을 미리 준비해 놓은 듯했다. 반수면 상태에서도 나는 그 인사가 참 정겹고 안전하게 느껴졌다. 택시라는 작은 공간에서 아무 말도 나누지 않으면 편리하긴 하지만, 안전하다는 느낌은 받기 어렵다는 점에서 더 그랬던 것 같다.

최근 한 온라인 커뮤니티에 이런 사연이 있었다. 강아지를 케이지에 넣고 택시를 탔는데 기사님이 "강아지가 있으면 미리 말씀을 하셔야지"라고 했단다. 그 말에 기사님이 강아지를 싫어하는 줄로만 생각했는데 이내 기사님은 강아지가 있는 줄 알았으면 더 빨리 왔을 거라며 '아기' 답답하지 않게 케이지에서 꺼내라는 말까지 했다고 한다. 그리고는 마치 손자와 놀아주는 할아버지처럼, 강아지와 같이 놀아주는 기사님의 모습이 영상으로 올라와 많은 사람들을 기분 좋게 했다. 만약 이 택시 안에서 아무 말도 오고 가지 않았더라면 어땠을까. 강아지를 케이지 안에 넣고 타면 아무런 문제가 없는 줄은 알지만, 혹여 기사님이 강아지를 불편해하진 않을까 속앓이를 했을지도 모른다. 이렇게, 때로는 별말 아닌 한마디에 택시 안은 불편한 곳이 아니라 잊지 못할 특별한 곳이 되기도 한다.

말을 걸지 않는 택시와 말을 걸어주는 택시가 있다면 나는 어떤 택시를 선택할까. 솔직히 여전히 말을 걸지 않는 택시를 선택할 확률이 높다. 짠순이인 내가 택시를 탄다는 건 정말 피곤하고 힘든 날일 때가 많으므로. 그러나 나는 여전히 말을 걸지 않는 택시 안에서 쉬이 잠에 들지는 못할 것 같다.

# 이름을

## 외우는
## 일

여의도에 갔다가 우연히 몇 개월 전 종료된 글쓰기 모임에 참여한 분을 봤다. 반가운 마음에 알은체를 하려던 순간 이름이 생각나지 않았다. 굳이 이름을 부르지 않아도 "안녕하세요! 여기 어쩐 일이세요. 잘 지내셨죠?" 하며 인사를 해도 이상하지 않으련만, 이름을 잊어버린 것이 못내 미안해 결국 그녀를 부르지 못했다. 동행자와 카페에 앉아서도 계속 그녀의 이름을 떠올리려고 애썼다.

'한나. 그래 맞다, 한나 님이다!'

그제야 동행자의 목소리가 선명하게 들렸다.

나의 휴대폰에는 대부분의 사람들이 성과 이름, 세 글자로 저장되어 있다. 일로 만난 사이면 이름 옆에 괄호를 치고 회사명을 적는다. 친분이 있는 사이라도 크게 다르지 않다. 회사 밖에서도 자주 만날 만큼 친한데 본인의 이름이 홍길동(○○○)과 같은 식으로 저장되어 있는 것을 보고 너무한 거 아니냐며 볼멘소리를 하는 사람도 있었지만 어쩔 수 없다. 나는 이름을 잊어버리는 게 무섭다. 이름을 기억하지 못한다면, 차라리 그를 부르는 것을 포기할 만큼.

오래전, 회사 일로 몇 번 본 사이인데, 길에서 우연히 만난 사람이 있었다. "어? 수진 님, 여기 어쩐 일이세요?" 하고 나를 알은체 해주었을 때 반가움도 컸지만 미안함이 더 컸다. 그의 이름 대신 직함만 떠올랐기 때문이다. 속으로 얼마나 미안했는지 모른다. 대화를 끝낼 때까지 혹시나 이름을 말해야 하는 상황이 생길까 봐 조마조마해 죽는 줄 알았다.

누군가 내 이름을 수연이?, 수현이?, 수정이? 하다가 "아, 수진이!"라고 스무고개하듯 찾을 때, 수진이가 나올 때까지 뻘쭘하게 기다리고 있어야 한다면 나는 조금 서운할 것도 같다. 물론 자주 만난 사이에서 그럴 일은 많지 않고, 대부분 만난 횟수가 적거나 오래 만나지 않은 사이에서 벌어지는 상황일 텐데도. 이름을 잊어버리는 게 무슨 대수라고, 충분히 그러려니 하고 넘길 수 있는 일이라고 해도 속이 좁은 나는 그렇다.

그래서 글쓰기 모임을 진행할 때면 수강생들의 이름을 외우려고 의도적인 노력을 많이 했다.

사실 한꺼번에 여섯 명 이상의 사람을 처음 만나면 이름을 외우기가 쉽지 않다. 게다가 모임 진행 경력이 많지 않았던 초반에는 사람들의 얼굴을 쳐다보는 것조차 부끄럽고 긴장이 돼서 이름을 외우기는커녕 내가 무슨 말을 하고 있는지조차 몰랐다. 그래도 최선을 다해 외웠다. 글쓰기 모임에는 보통 여성들보다 남성들의 수가 적어서 남성의 이름부터 외웠고, 머리 모양이나 목소리 등 특이점과 연결해서 이름을 외웠다. 사람들이 각자 쓴 글을 소리 내어 읽을 때에도 나는 마음속으로 그들의 이름을 되뇌었다.

나에게 이름을 외우는 일은 그 사람을 머릿속에 한 장의 사진으로 찍어놓는 일 같은 애정이다. 하지만 휴대폰에 성과 이름을 정확하게 적어둔다고 해서, 머리 모양이나 목소리와 연결해 이름을 외운다고 해서 내가 만난 모든 사람들의 이름을 외우는 건 현실적으로 불가능하다. 기억력 하나는 끝내준다고 자신하지만, 나의 뇌도 결국은 늙어가고 저장 공간이 점점 줄어들면서 오래된 이름부터 기억에서 지워질 것이다.

그래서일까, 나이가 들수록 비록 이름은 잊어버려도 "우리 그때 글쓰기 모임 진짜 재밌었잖아요" "너 그때 1반이었지?" 하며 함께했던 짧은 시간을 공유하는 것만으로도 충분히 서로의 애정을 느낄 수 있다는 걸 받아들여 간다.

이제는 길에서 우연히 만난 지인의 이름이 순간적으로 떠오르지 않아도 "여의도에는 어쩐 일이세요?" 하며 반갑게 인사할 수 있을 것 같다. 이름보다 중요한 당신을 기억하고 있으니, 이렇게 다시 만난 것을 모르는 체 하고 넘어가기엔 아까운 인연이니 하면서.

별의별

공포증

나는 '기계 구매 공포증'이 있다. 실제로 있는 병은 아니고 내가 만든 이름인데, 노트북이나 휴대폰 같은 전자기기를 살 때 바가지를 쓰거나 잘못 구매할까 봐 무서워 하는 증상이다. 특히 알 수 없는 외계어를 빠르게 쏟아내는 영업 사원들의 이야기를 듣다 보면 혼이 나가버리기도 해서, 기계를 살 일이 있으면 꼭 지인을 대동하고 나선다.

이번에도 웬만하면 가고 싶지 않았지만, 쓰던 휴대폰이 수명을 다해서 아이폰 13 미니를 사러 매장에 갔다. 휴대폰 몇 대만 놓고 판매하는 곳인데 굳이 이렇게 넓을 필요가 있을까 싶을 만큼 넓고 쾌적한 매장이었다. 나는 겁먹지 않은 척, 당당하게 아이폰 13 미니를 보러 왔다고 말했다. 나를 상담해 주던 직원은 전에 본 적 없는 스타일이었다. 차분하고 친절한 말투에 이런 것까지는 설명해 주지 않아도 되는데, 싶은 부분까지 세심하게 설명해 주었다. 휴대폰을 구매하면서 그렇게 귀에 쏙쏙 들어오는 설명을 처음 들어봤다. 요금제에 대한 설명까지 모두 듣고 나서 드디어 아이폰 13 미니 제품을 개봉하기 시작했다.

"여기 확인할게요. 아이폰 13 미니⋯."

눈으로는 직원의 손가락을 따라가면서도 머릿속은 새 휴대폰을 영접할 생각으로만 가득했다. 그런데 제품을 뜯고, 이전 휴대폰의 데이터를 옮겨오려고 하는데 어딘가 이상했다. 분명 내가 선택한 제품은 미니인데, 사이즈가 전혀 '미니'하지 않았다. 알고 보니 직원이 실수로 아이폰 13 제품을 가져온 것이었다.

우리는 순간 모두 당황해서 할 말을 잃었다. 분명 같이 확인하자고 할 때 눈으로 봤는데, 내 눈은 도대체 뭘 본 걸까. 아까 확인하라고 할 때 왜 제대로 확인 안 했냐고 뭐라 그러면 어쩌지. 그냥 이 제품을 쓰겠다고 해야 하나. 머릿속에 오만 가지 생각이 교차하던 그때, 직원이 먼저 말을 꺼냈다.

"제가 실수했네요. 이건 와이프 줘야 하나. 하하하하….."

실제로 휴대폰 매장에서 잘못 개봉한 새 제품을 어떻게 처리하는지는 잘 모른다. 하지만 얼굴 한번 찌푸릴 수도 있는 상황에서, 직원은 얼굴을 찡그리는 대신 웃음을 지어 보였다. 나는 매장에 있는 동안 직원이 주겠다던 커피도 마다하며 고개를 못 들었지만, 왜인지 꽤 오래 달고 산 기계 구매 공포증의 일부가 치료된 느낌이었다.

또 하나의 공포증은 중립 주차된 차의 주인에게 전화해야 할 때 생긴다. 아무리 밀어도 내 차를 가로막고 있는 차량이 꿈쩍도 하지 않을 때, 결국 차주에게 차를 빼달라고 말해야 하기 때문이다.

언젠가 출근을 앞두고 있던 아침이었다. 한시가 급한 순간에 차주에게 전화를 하자 상대방은 한껏 짜증을 내더니 한참 뒤에야 담배를 피우며 어슬렁어슬렁 걸어왔다. 그리고 얼마간 담배를 피우며 여유를 부리다가 차를 빼주었다. 이때의 기억이 안 좋게 굳어져서 비슷한 일을 더 이상 겪지 않았으면 했지만, 주차장이 좁은 우리 집 아파트에서는 불가능한 일이었다.

그날은 하필이면 주말, 일요일 오전 8시였다. 전화를 거니, 몇 번 신호음이 가다가 잠에 덜 깬 걸걸한 목소리가 들려왔다. 너무 죄송하지만 차 좀 빼줄 수 있겠냐고 했더니 금방 내려오겠다고 했다. 그렇게 말해 놓고도 세월아 네월아 하는 사람들이 많았기 때문에 별 기대 없이 차 안에서 기다리고 있었는데, 얼마 지나지 않아 누군가 눈도 제대로 못 뜬 채 슬리퍼를 끌고 헐레벌떡 달려왔다. 사실 나는 바로 출발할 준비까지는 안 되어 있었는데, 부랴부랴 차를 빼주던 그 사람을 위해서라도 얼른 자리를 빠져나올 수밖에 없었다.

이렇게 별의별 공포증은 사람 때문에 만들어지기도 하고 사람 덕분에 치유되기도 한다. 이것이 앞으로 살아가면서 더 많은 사람들을 만나봐야 하는 이유이자 우리가 사는 세상의 모습인가 보다.

# 메일을
보내고

## 5년 뒤에
일어난 일

5년 전, 주말에 한 권의 책을 인상깊게 읽고선 저자에게 이메일을 보냈다. 당시 2년 차 홍보 주니어였던 나는 시니어가 없이 혼자 일을 하며, 기자들을 상대하는 언론 홍보에 어려움을 겪고 있었다. 바쁜 평일에는 엄두도 내지 못했지만 주말 시간을 활용해서라도 언론 홍보에 대한 지식을 쌓고 싶었고, 그 방법 중 하나로 보도 자료와 관련된 다양한 책을 읽다가 가장 큰 도움을 얻은 책의 저자에게 무턱대고 이메일을 보낸 것이었다.

기획 기사는 꼭 한 명의 기자와만 협의해야 하는지, 한 언론사에, 한 명의 기자에게만 보도 자료를 배포해야 하는지 등 평소 일을 하면서 궁금했던 질문을 폭포처럼 쏟아내 보냈다. 그때까지만 해도 저자에게서 답상을 받을 거라는 큰 기대는 없었지만 답장이 오면 좋겠다는 마음으로 전송 버튼을 눌렀다. '내 블로그에 서평을 남겨두었으니 구경 오시라'는 당돌한 말과 함께.

얼마 뒤, 저자에게서 답장이 왔다. 감사하게도 본인의 연락처를 남겨주면서 판교에서 일하고 있으니 찾아와도 좋고 연락을 줘도 좋다고 했다. 하지만 나는 정말 바보였다. 그렇게 바라던 회신을 받았음에도 찾아가지도, 연락을 다시 하지도 않았기 때문이다. 아마 사회 초년생이었던 그때는 마냥 친절했던 그의 답변이 조금 부담스럽게 느껴졌던 모양이다.

그로부터 5년이 흘렀고, 나는 다른 회사에서 마케터로 일하며 그에게 이메일을 보냈던 것조차 까맣게 잊고 지냈다. 어느 날처럼 퇴근을 하고, 침대에 누울 때쯤 휴대폰이 울렸고, 휴대폰을 확인하자 어딘가 낯익은 'RE: 안녕하세요~'라는 제목의 이메일이 보였다. 5년 전 내가 보냈던 이메일의 두 번째 답장이었다.

알고 보니 저자는 우연히 내 브런치 글을 읽게 되었고, 작가 프로필을 보다가 내가 5년 전에 자신에게 이메일을 보냈던 독자임을 기억한 것이었다. 그렇게 우리는 5년이 지나고 나서야 서로 전화번호를 주고받았고, 드디어 통화를 했다. 얼굴도 모르는 사람과 통화를 하는 것이 다소 긴장되기도 했지만, 긴장한 것이 무색할 정도로 그는 오래전부터 알고 지낸 선배이자 어른처럼 느껴졌다. 유쾌한 목소리와 오랜 홍보 경력에서 느껴지는 신뢰감 덕분이었으리라.

통화를 하고 며칠 뒤, 그는 감사하게도 내가 일하고 있는 회사 근처로 찾아와 주었다. 우리는 같이 밥을 먹으며 회사에서 하는 일과 글을 쓰는 일에 대해 시간 가는 줄 모르게 이야기를 나눴다. 밥에서 나온 벌레 때문에 음식점에서는 돈을 받지 않았고, 우리는 공짜 밥을 먹었다며 한차례 깔깔 웃고는 헤어졌다. 이어질 인연은 어떻게든 이어진다고 하지 않던가. 사회 초년생의 패기로 이메일을 보내지 않았더라면 지금의 내게 없었을 인연. 그 뒷모습을 잠시 바라보며 생각했다. 세상에는 참 신기한 인연이 많다고.

책은 단순히 읽히는 것으로 그 목적을 다하기도 하지만, 더 다양한 방법으로 깊게 받아들여질 수 있다. 기억에 남는 문장을 필사하거나, 북 토크에 참여하거나, 블로그에 서평을 남길 수도 있다. 또한, 내가 그랬던 것처럼 저자에게 직접 연락을 하는 방법도 있다. 나 역시 처음엔 실례가 되진 않을까 조심스럽기도 했지만 저자가 직접 자신의 책에 남겨놓은 이메일이나 SNS 주소로 연락을 한다면 실례가 되지 않을 것이다. 물론, 어떤 내용을 남기느냐에 따라 다르겠지만 말이다.

사람의 일이 재미있는 이유는 '연결성' 때문이다. 우리는 언제 어떻게 연결될지 알 수 없기에 수많은 연결의 가능성을 열어두는 것이 필요하다. 혹여 저자에게 답장이 오지 않아도 실망할 필요는 없다. 그에게 무언가를 궁금해하고 이메일을 보내는 일만으로도 충분히 책의 내용을 받아들였다고 할 수 있으니까.

우리가
맞잡은 손을

기억하나요?

사람들로 가득찬 퇴근길 지하철에서 '이보다 더 최악이 있을
까'라고 종종 생각했다. 놀랍게도 그보다 더 최악이 있었는데,
바로 붐비는 지하철에서 마주하는 마스크였다. 좁은 공간에서
여러 사람들이 내뿜는 이산화탄소 때문에, 안 그래도 숨 쉬기
가 버거웠는데 최근 들어 더 힘들어졌다.

　하필이면 그날은 잘 입지도 않던 쪼이는 청바지를 입고 출
근한 날이었고, 점심을 먹고 나서부터 퇴근할 때까지 쭉 속이
좋지 않았다. 게다가 백화점 문이 닫기 전 꼭 들러서 사고 싶
은 것이 있었기에 서둘러 지하철을 향해 뛴 날이었다.

2호선에서 4호선으로 빠르게 환승을 했는데, 갑자기 서 있는 게 불가능할 정도로 배가 아파오기 시작했다. 숨을 못 쉬어 죽는 것보단 마스크를 벗는 게 나을 것도 같았지만, 뉴스나 SNS 어딘가에 '마스크 안 쓰고 지하철 탄 사람'으로 내 얼굴이 떠돌아다니는 상상을 하며 꾹 참았다.

한 정거장이 남았을 무렵, 다리 힘이 풀려 풀썩 주저앉았다. 옆에 서 있던 남성이 나를 흘긋 쳐다보긴 했지만, 이내 스마트폰으로 시선을 옮겼다. 종종 나처럼 땅바닥에 주저앉아 가는 사람도 있기 마련이니까. 그러다 '더 이상은 안돼!'를 입 밖으로 외치기 일보 직전, 지하철에서 내렸다. 지하철 플랫폼에 있는 의자까지 기다시피 가 앉아 잠시 마스크를 내렸다. 공기가 코와 입으로 한꺼번에 쏟아져 들어와서였을까. 머리가 핑 돌더니 똑바로 앉을 수도 없을 만큼 허리가 굽어졌다. 온몸에 식은땀이 흘렀고 수족냉증을 앓는 내 손발은 더 차가워졌다.

어렸을 때부터 급체를 하면 꽤 요란하게 아팠던 나는, 이런 상황에서 어떻게 대처해야 하는지 잘 알고 있었다. 나는 편안하게 대자로 눕고, 두 사람이 내 양쪽 손과 다리를 주물러 주어야 한다. 그러면 차갑던 몸에 천천히 온기가 돌기 시작하면서 집 나간 정신이 돌아온다. 하지만 내가 있던 곳은 지하철 플랫폼이 아닌가. 누군가가 괜찮냐고 물어봐도 대답할 힘조차 없었다.

'119를 불러주겠다고 하면 어떡하지?'
'곧 괜찮아질 거라고 해야 하나?'
'고맙지만 그냥 가시라고 해야 하나?'

다행인지 불행인지 모르겠지만 우려한 상황과 달리 내게 괜찮냐고 물어봐 주는 사람은 없었다. 나는 분명 긴급한 상황이었지만 지나가는 사람에게는 떨어뜨린 물건을 줍는 사람처럼 보였을 수도 있고, 바빠 앞만 보고 가느라 그런 나를 보지 못했을 수도 있다. 게다가 지금은 코로나 시대가 아닌가. 괜히 모르는 사람에게 가까이 다가갔다가 병이 옮을지도 모르는 세상. 내게 쉬이 다가와 말을 걸 수 없었을 것이다. 그냥 그렇게 생각하는 게 나을 것 같았다. 결과적으로 내가 할 수 있는 일은 앉아 있던 자리에서 계속 숨을 고르며 상태가 조금이라도 좋아지길 기다리는 것뿐이었다.

그리고 며칠 후, 나는 여느 때와 똑같은 루트로 퇴근하고 있었다. 그러다 환승하기 위해 사당역에서 내렸을 때, 한 여성이 플랫폼에 쓰러지듯 주저앉아 있었다. 내가 손으로도 움켜잡을 수 있을 만큼 발목은 갸냘펐고, 머리카락이 앞으로 쏟아져서 얼굴이 보이진 않았지만 20대 초반의 어린 여성 같았다. 가던 길을 가야 할지, 그 여성을 살펴보고 가야 할지 몇 초간 고민을 했다. 고민한 이유는 앞에서 말한 이유와도 같다. 지금은 코로나 시대인 데다가 언제 무슨 일로 엮일지 모르는 무서운 세상. 어쩌면 저 여성도 과거의 나처럼 사람들이 그냥 못 본 척 지나가기를 바랄지도 모르는 일이었다.

"저기요, 괜찮아요? 119 불러줄까요?"

결국 여성에게 다가가 말을 걸었다. 여성은 고통스러운 듯 신음 소리를 내더니 갑자기 내게 팔을 뻗었다. 손을 잡아달라는 뜻 같았다. 요즘 내가 너무 무섭고 이상한 드라마를 많이 봤나. 여성이 내민 손을 보고 머릿속으로 별의별 생각이 다 들었다.

'저 손을 잡아도 될까?'
'집에 가면서 손 씻으면 되겠지?'

결국 여성의 손을 힘껏 잡았다. 나에게 기대어 일어선 여성의 머리카락이 뒤로 넘겨지면서 얼굴이 보였다. 마냥 귀엽고

순둥순둥한 그의 얼굴을 보자 내가 방금 도대체 무슨 생각을 한 건가 싶었다. 아무래도 그녀는 자신의 주량을 모르고 술을 너무 많이 마신 듯했다.

반대편에서 다른 여성 한 분도 나를 돕기 위해 다가왔다. 우리 둘은 술에 취한 여성의 양쪽 팔을 잡고 그녀를 플랫폼에 있는 의자로 옮겼다. 그러자 더 많은 사람들이 상황을 돕기 위해 의자로 몰려들었고 나는 더 이상 할 일이 없을 것 같아 그만 자리를 떴다.

이보다 더 최악이 있을까 싶은 퇴근길에도 맞잡은 손 하나로 좋은 기억이 남을 수 있다. 술에서 깬 그녀는 나를 기억할까. 나에겐 좋은 기억으로 남아 있는데, 그녀에게도 좋은 기억일까? 그랬으면 좋겠다.

# 글을 쓰는 일

세상은 아직 살 만하니까

2

제

이상형은요,

잘 쓰는
사람이요

친구들이나 직장 동료들과 이야기를 하다 보면, 늘 빠지지 않고 등장하는 주제가 바로 '이상형'이었다. 점심을 먹다가 어색하게 흐르는 시간을 채우기에도 좋고, 어차피 현실에서는 이루어지기 어려운, 상상의 나래를 펼치면서 삶의 고단함을 잊기에도 좋은 주제이니까 말이다.

나는 이상형이 뭐냐는 질문을 받을 때마다 얼굴은 안 보고 성격을 많이 본다는 평범하기 그지없는 대답을 했다. 분명 어떤 드라마를 보다가 눈이 번쩍 뜨이는 잘생긴 주인공을 보고 '다음에 저 연예인이 내 이상형이라고 말해야지'라고 생각해 놓고도, 내 대답은 항상 성격이었다.

그런데 사실 성격이라는 조건은 "그게 이상형이야?"라는 말이 나올 수밖에 없는 추상적인 대답이다. 어떤 관계든 내가 좋아하고 아끼는 사람들은 성격이 좋은 사람들인데, 이런 특성을 손에 잡히게 표현할 방법이 없었다. 그러다 문득, 내가 좋아하는 사람들의 성격을 종합해 보면 글을 잘 쓰는 것과 일맥상통하는 부분이 많다는 생각이 들었다.

우선, 자신의 생각이나 감정을 상대방에게 거리낌없이 보여줄 수 있어야 한다는 점이 그렇다. 글을 잘 쓰기 위해서는 끊임없이 누군가에게 내 글을 보여줘야 한다. 그래야 잘 썼는지 못 썼는지를 알 수 있을 뿐만 아니라 독자들의 피드백을 들어야 더 나은 글로 발전해 나갈 수 있다.

종종 자신의 감정을 깊숙이 감추는 사람들이 있다. 모든 감정을 내비치는 나로서는 어느 정도 배워야 할 점이라고 생각하지만, 아무리 노력해도 그 사람과는 좋은 관계가 되기 어려웠다. 많은 대화를 나누어도 그가 도통 무슨 생각을 하고, 어떤 감정을 느끼는지 알 수 없었기 때문이다. 나는 감정을 감추거나 꾸미는 사람보다는 나를 믿고, 있는 그대로 헤프게 보여주는 사람에게 더 마음이 열린다. 비록 서툰 글일지라도 말이다.

또, 쓰고 고치고, 쓰고 고치고 하는 기나긴 반복의 과정을 인내할 줄 알아야 한다는 점이 그렇다. 얼마 전, 카카오TV〈찐경규〉에서 어머니를 하늘로 떠나보낸 개그맨 이경규의 사연이 나왔다. 그는 "장례식장 시스템이 너무 좋아지지 않았나, 화장도 빨리 진행되더라"라고 말했는데, 인간의 속도를 기다려 주지 않는 요즘 시스템에 아쉬움이 컸던 나로서 그가 느꼈을 허무함과 슬픔이 온전히 이해됐다. 그래서 울지 않는 그를 대신해 내가 울어버렸다.

정말 세상이 빠르다. 마음의 준비를 할 시간도 없이 계산대에는 로봇이 들어서기 시작했고, 어제의 비트코인이 오늘은 흔적도 없이 사라져 버린다. 소개팅은 삼세판이라고 한다(더 빨라졌을지도 모른다). 세 번 만나봐도 마음이 오지 않으면 인연이 아니라는 것이다. 아무리 빠르게 달려도, 나만 느리게 달리고 있는 것 같은 기분으로 잠에 드는 날이 많다. 이럴 때일수록 천천히 들여다보고 기다려 주는 인내가 사람과 사람 사이에 필요한 게 아닐까. 원샷 원킬로 일을 끝내는 기계와 달리, 인간은 쓰러지고 또 일어서며 더 나은 사람이 된다.

마찬가지로 다 쓴 글도 다시 읽어보면 반드시 고칠 부분이 나온다. 고민하고, 들여다보고, 인내하면서 분명 더 나은 방향으로 고칠 방법이 떠오르게 되어 있다. 글도, 사람도 빠르게 쓴다고 잘 쓰는 것이 아니다.

마지막으로, 누군가를 살피고 사랑할 줄 알아야 한다는 점이 그렇다. 오랫동안 에세이를 써오면서 느낀 게 있다면 어떤 대상에 대한 애정 없이는 글을 쓰기 어렵다는 것이다. 그 대상은 때에 따라 '나'가 될 수도 있고, '너'와 '우리'가 될 수도 있다. 글에는 어떤 식으로든 글 쓰는 사람의 생각과 마음이 묻어나기 마련이다. 그래서 쓰다 보면 미처 생각하지 못했던 점들을 끊임없이 발견하고, 또 그 안에서 일상의 의미를 만들어 나갈 수 있다.

사실 나는 지금도 거울을 보면 마음에 안 드는 것투성이고 (어제도 성형하고 싶다고 노래를 불렀다), 생각이 너무 많아 스스로를 괴롭히는 내 성격이 싫다. 그런데 2년 전 내가 쓴 글을 보면 지금보다 훨씬 더 못났다. 그럼에도 그런 못난 점들을 계속 글로 썼다는 건 여전히 나를 사랑하고, 나와 더 잘 지내고 싶다는 뜻이다. 글을 써왔기 때문에 더 나은 지금의 내가 될 수 있었다고 생각한다.

종종 회사에서 생일인 사람에게 롤링페이퍼를 쓰는데, 하나하나 모두 다 감사한 메시지이지만 그중에서도 유난히 눈에 들어오는 메시지가 있다. 우리끼리만 아는 어떤 키워드를 넣었다든지, 쑥스러워서 직접 말로는 하지 못했지만, 평소 나에 대해 자신이 느껴왔던 점들을 적은 것들. 애정이 없고서야 불가능한 일이기 때문이다.

이상형은, 사전적 의미로는 '생각할 수 있는 범위 안에서 가장 완전하다고 여겨지는 사람의 유형'을 뜻한다. 이러한 사람을 내 사람으로 만들고 싶다는 욕구만큼이나 내가 그런 이상형이 되고 싶다는 욕구도 크다. 그래서 나는 글을 잘 쓰는 사람이 되고 싶고, 또 글을 잘 쓰는 사람들을 사랑한다.

이 책엔

사랑 이야기가
없네요


책을 출간한 후 몇몇 독자에게 이런 피드백을 들었다.

"작가님 책에는 사랑 이야기가 없네요."

두 가지 감정이 들었다. 내 책을 유심히 봐주었구나 하는 감사함, 그리고 들켰다 싶어 놀람. 맞다, 내 글엔 사랑 이야기가 거의 없다. 여기서 사랑 이야기는 연애, 이별, 결혼처럼 한 사람과 한 사람이 만나 이루어지는 온갖 이벤트 속의 감정과 고민에 대한 것이다. 아직 그런 이야기를 대놓고 쓸 주제가 못돼서, 라는 말이 모범적인 답변일 수도 있겠으나, 내가 군이 이런 사랑을 꺼내지 않는 이유는 사실 그게 아니다.

글을 쓰는 사람에게 어떻게 사랑이라는 주제가 탐나지 않을 수 있겠는가. 믿기 어렵겠지만 사랑과는 전혀 관련 없어 보이는 내 모든 글에는 사실 사랑이 깔려 있다. 지하철에서 쓰러진 사람을 본 날도, 회사에서 기분이 태도가 되지 말자고 다짐한 날도, 내가 쓴 모든 날에 그렇다. 나에게 사랑은, 결국 일상 곳곳에 스며들어 있는 것이기에, 꼭 파스텔 컬러의 배경에 둘러싸여 띄엄띄엄 쓰인 간지러운 글귀로만 보일 수 있는 게 아니다.


하루 온종일 정신없이 일을 하다가 밤늦게 퇴근하는 길에서야 내가 오늘 하루를 얼마나 힘써 살았는지를 느끼듯, 사랑은 사랑 바깥에서 더 진하게 다가오는 법이다. 더 잘해주지 못한 것에 대한 미안함도, 너무 보고 싶어 잠이 오지 않는 밤도, 떨어져 있어야만 비로소 깨닫게 되듯이.

하루 종일 일하느라 땀으로 흠뻑 젖은 셔츠를 말하는 건 회사 이야기이지만, 그 셔츠를 입고 사랑하는 사람에게 달려가는 이야기는 연애 이야기다. 고기 한 점을 자식의 밥숟가락 위에 올려주는 부모를 말하는 건 가족 이야기이지만, 부모에게 받은 고기 한 점을 잊지 않고 배우자에게 맛있는 밥 한 끼를 지어주는 것은 결혼 이야기이다. 흠뻑 젖은 셔츠가 자랑스럽기보다 부끄럽게 느껴졌다면, 그 셔츠를 입고 사랑하는 이에게 달려갈 수 없었을 거니까. 고기 한 점을 밥숟가락 위에 올려주는 일이 얼마나 따스한 일인지 몰랐다면 사랑하는 이에게 밥을 지어줄 생각도 못 했을 거니.

내가 생각하는 사랑은 땀에 젖은 셔츠로도, 고기 한 점으로도 연결되는 그 어느 곳에나 있는 것이다. 그래서 내 책엔 사랑 이야기가 없지만, 또 어떻게 보면 모든 글이 결국 사랑 이야기가 아닐까 답변해 본다.

비로소

자신의
주인이 된다

고백하자면, 요즘 글쓰기가 힘들었다. 핑계는 많다. 만들려고 마음먹으면 끝이 없는 게 핑계 아니던가. 그러나 이만큼 살면서 그나마 배운 것 중 하나가 핑계에는 아무런 의미가 없다는 것이다. 저마다의 핑계에는 그 속을 파보면 언젠가는 반드시 나오고 마는 실체가 있기 마련이다.

글에는 결국 글쓴이가 묻어 나온다. 글을 쓰려면 자신의 생각과 경험을 재료로 쓸 수밖에 없기 때문이다. 무슨 생각을 했더라, 어떤 경험을 했더라, 수없이 자신을 파헤치게 만드는 일이 글쓰기니까. 그 일을 누구보다 좋아하던 내가, 글쓰기가 힘들다니. 새로운 환경에 적응하느라? 안 좋아진 체력 때문에?

신경 쓰이게 하는 사람들 때문에? 핑계 뒤에 숨어 꽤 오랜 시간을 흘려보내고 나서야 깨달았다. 나는 그저 지금의 내가 지독하게 마음에 들지 않아 한다는 것을. 그래서 나 자신을 제대로 들여다보고 싶어 하지 않는다는 것을.

카톡에, 브런치 작가의 서랍에, 핸드폰 메모장에, 글감이 줄을 서서 기다리던 때가 있었다. 무엇부터 골라 쓸까 고민할 일은 있어도, 쓰고 싶은 게 없어서 고민할 일은 없었다. 그런데 어느 날부터 메모장의 업데이트가 멈췄다. 살다 보면 그럴 때도 있지 하며 기다려 보기로 했다. 글이 쓰고 싶어 졸린 눈을 비벼가며 밤늦도록 글을 쓰던 나를, 굳이 글감을 찾아 나서지 않아도 기가 막히게 글감을 만들어 내던 나의 호기심을.

가만히 앉아 있는다고 그런 내가 되돌아오진 않았다. 어떻게 해야 다시 글 쓰고 싶어 안달이 난 나를 만날 수 있을까, 수없이 고민하고 부딪친 끝에 실체를 발견했다. 글을 쓰는 데에도 나를 사랑하는 마음이 필요하다는 것. '나'를 쓰고 싶은 마음이 필요하다는 것. 최근에 나는 그것을 잃고 살았다.

가끔 집중해서 열심히 글을 쓰다 보면, 글쓰기라는 게 문득 혼자 있는 시간 같다고 생각했다. 혼자 생각을 하고 혼자 질문을 하며 그에 대한 답을 또 혼자 찾아가는 과정. 거기서 분명 외로움을 느꼈다. 그래서 나에게 위기가 찾아왔고, 이러한 막막함 앞에 어찌할 줄 몰라 탈진했던 게 아니었을까.

그 외로움 앞에서 의연해지기 위해서라도 나는 다시, 즐기면서 글을 써야 한다. 글을 쓰는 시간을 목숨처럼 써야 한다. 그러면서 쓰러지기도 하고, 그러면서 일어서기도 하는 반복만이 나를 그럴 듯한 사람으로 성장시킬 것이므로. 이 잠깐의 위기가 비로소 내 삶의 주인이 되는 과정이 아니었을까 생각하니 마음이 놓였다. 나는 결국 글을 쓰는 사람이라는 사실이 다행스러웠다.

나를 사랑하는 마음이 부족해서 글을 쓰기가 힘들었지만, 그런 나라도 보듬어 주는 일이 결국 글쓰기라는 것을 온몸으로 겪고 있다. 글을 쓰면서 조금씩, 나를 사랑하는 법까지 배워간다.

# 청소년들이

## 꼭 글을 쓰면
## 좋겠다

최근에 브런치를 통해 강의 제안을 받았다. 전에도 몇번 있었던 일이지만, 이번에는 생각지 못해 조금 놀란 제안이었다. 청소년 대상의 강의였기 때문이다.

청소년과 마지막으로 이야기를 나누어 본 게 언제였더라. 하물며 사촌 동생과 대화를 한 지도 3년이 넘어가는 것 같은데. 결국 덜컥 수락을 한 뒤, 예전에 만들어 두었던 어른 대상의 강의 자료를 참고해 발표물을 만들어 나가기 시작했다. 초등학생부터 고등학생까지 다양한 연령층이 듣는 수업이라고하니, 가장 낮은 연령의 친구도 이해할 수 있도록 만들었다.

'이건 조금 어렵겠지?' 하며 지우고, '이건 더 어렵겠지?' 하며 수정하기를 반복하다 머리 좀 식힐 겸 tvN 〈유 퀴즈 온더 블록〉을 보는데, 한 어린이가 게스트로 출연을 했다. 이 어린이는 MC 유재석 씨에게 퀴즈를 내놓고는 본인도 정답을 잊어 버렸는지 "정답은 아저씨가 알아보세요"라고 말했다. 아마 나라면, 정답을 모르는 게 민망해서 쩔쩔맸을 텐데 말이다. 나보다 더 현명한 그 아이를 보며 강의 자료를 다시 수정해야겠다고 마음먹었다.

　다시 방으로 들어가 생각했다. 나는 청소년들에게 왜 글을 쓰라고 말하려는 걸까. 그것도 기왕이면 '잘' 쓰라고 말해야 하는데. 생각해 보면, 나는 청소년 때 에세이나 일기를 쓰지 않았다. 아니, 쓸 생각을 못 했다. 하지만 작문 수업을 참 좋아했다. 친구들은 두려워하던 글쓰기 발표도 항상 먼저 나섰을 정도였다. 그 시간만큼은 시험에 대한 압박감 속에서 해방감을 느낄 수 있었다. 다만, 일주일에 두 번뿐이었던 작문 수업 시간으로는 '나'에 대해 깊이 들여다보기엔 부족했다.

　그 무렵, 대학에 가야 한다고 해서 '문예창작학과'가 정확히 무엇을 배우는 학과인지도 모른 채 수시 합격을 했다. 하지만 대학에 들어가서도 글을 열심히 쓰지는 못했다. 꾸준히 글을 쓰기 시작한 건 오히려 취업 전쟁을 마치고 어느 정도 안정기에 접어든 20대 말부터였다.

본격적으로 글을 쓰면서 알게 되었다. 소심한 줄만 알았던 내가 생각보다 가능성이 크고, 독립과 성장의 욕구가 높은 사람이라는 것을. 나를 스무 살 때부터 알아온 친구는 서른을 기준으로 내가 많이 달라졌다고 말한다. 20대 때는 늘 집순이었는데, 서른이 되더니 세상에 적극적인 사람으로 바뀐 것 같다고. 나는 그 차이가, 다름 아닌 글쓰기에서 비롯되었다고 믿는다.

청소년이었던 내게 누군가 에세이를 써보라고 말했다면 어땠을까. 아마 귓등으로도 안 들었을 것이다. 그때 내게는 많은 노력을 기울이지는 않으면서 시험 점수가 조금이라도 더 잘 나와야 한다는 걱정뿐이었으니까. 하지만 나는 강의에서 만나게 될 아이들에게 에세이를 써보라고 말할 것이다. 아이들은 분명 그때의 나보다 자기 자신에 대해 더 많이 궁금해 할 것이고, 그렇기 때문에 이 강의에도 스스로 참여했을 테니까.

최근 디지털 기기에 익숙해진 청소년들이 긴 글을 읽지 못하고, 어휘력이 떨어지고 있다는 뉴스를 봤다. 나는 이러한 이야기가 비단 청소년들에게만 국한되는 것이 아니라고 생각한다. 나 역시도 주로 짧게 편집된 영상들을 자주 보다 보니, 계속 해서 짧은 콘텐츠만 소비하고 있음을 느낀다. 문해력은 단순히 긴 글을 잘 읽고 못 읽고를 뜻하는 것이 아니다. 정보에 대해 스스로 가치 판단하는 역량과 자신의 생각을 기반으로 비판할 수 있는 역량 등 무수히 많은 문제를 포함한다. 문해력은 곧 나의 삶을 살아가는 능력이다. 나는 그래서 청소년들이 꼭 글을 쓰면 좋겠다.

자기가 어떤 사람인지 스스로 생각하고, 섣불리 자신의 한계를 긋지 않는 사람이 되기를. 과감한 상상력으로 네가 생각할 수 있는 가장 큰 종이에 네가 어떤 사람인지 적어보라고. 오래전의 나에게 전하고 싶은 내용들을 이야기하고 와야겠다.

힘내라고
말했다면

죄송합니다

싫어하는 말이 여러 가지가 있는데, 그중에서도 단연 싫은 말은 '힘내'이다. 우울하거나 힘들어하는 나를 위해 진심으로 해주는 말이란 건 알지만 어딘가 성의 없게 느껴진다. 진심으로 상대방이 힘 좀 내보기를 바란다면 안 하느니만 못한 힘내라는 말보다는 상대방의 속상한 감정을 더 깊이, 성의껏 들어주는 게 낫다. 내가 겪었던 비슷한 감정을 이야기해 주거나 그것도 어려우면 편의점에 가서 초콜릿이라도 사다 주든지.

글을 쓸 때 나는 수많은 '힘내'와 싸운다. 고민의 흔적도 없고, 쓰였지만 읽히지 않고, 누구에게도 제대로 가닿지 않는 말. 물론 그렇다고 해서 모든 문장 속에 이 말을 넣지 않는 건 쉽지 않은 일이지만, 하나의 '힘내'만 빠져도 더 힘 있는 글이 된다.

가끔 한 편의 글을 다 쓰고 나서 글을 수정할 때면 '힘내'와 숨바꼭질을 하는 것만 같다. 발견하면 다른 말로 대체하거나, 대체가 어렵다면 아예 삭제한다.

'힘내'를 다른 말로 대체하는 좋은 방법이 하나 있다. 상대방이 힘을 냈으면 좋겠다는 나의 마음을 구체적인 상황으로 빗대어 표현하는 것이다. 예를 들어 '사랑한다'는 말은 너무 흔해서 사랑이라는 말로는 사랑을 드러내기가 어렵다. 그럴 때 내가 언제, 어떤 상황에서 사랑을 느끼는지 생각해 보는 것이다. 가수 장범준의 노래 '흔들리는 꽃들 속에서 네 샴푸향이 느껴진 거야'는 그 어디에도 '사랑'이라는 말이 없지만 흔들리는 꽃만 봐도 사랑하는 사람의 샴푸향이 느껴지는, 사랑에 빠진 한 남자를 떠오르게 한다. 같은 맥락에서, 힘내라는 말 대신 우리는 '바람 좀 쐬러 갈까?' 혹은 '맛있는 거 먹자'라는 말로 대신할 수 있지 않을까?

친구가 직장 상사한테 깨지거나 남자친구와 헤어져 같이 술잔을 부딪칠 때에도, 나는 '힘내'라는 말로 그저 그런 위로를 하기보다는 나만이 해줄 수 있는 위로를 고심했다. 누군가는 힘내라는 말 한마디 없는 나를 인정머리 없는 아이라고 생각했을지도 모르지만. 오히려 나에게 힘내라는 말을 들은 사람이 있다면 사과하고 싶다. 그땐 너무 피곤했거나, 나 역시 힘든 상황이 아니었을까?

힘내라고 말했다면 죄송합니다.

# '꾹'에서

## '꾸욱'으로

요즘은 구독 서비스가 참 많다. 뉴스레터, 음악, 영화 등 내가 구독하고 있는 서비스만 해도 열 가지가 넘는다. 기업의 입장에서 구독 서비스의 장점은 한번 구독하게만 만들면 고객이 쉽게 빠져나가지 못한다는 것이다. 한 달만 이용하려고 끊었던 넷플릭스를, 영어 교육 앱을 몇 달째 쓰고 있는 것처럼 말이다. 결제 정보도 이미 등록되어 있고, 가족보다 더 빠삭하게 내 취향을 파악한 AI가 매일 새로운 콘텐츠를 추천해 주는데 어찌 쉽게 끊어낼 수 있겠는가. 이러한 구독의 늪에 빠지지 않기 위해 나는 꼭 테스트 기간을 갖는다. 한 달 동안 이용해 본후 서비스에 만족했어도 일단 해지를 한다. 해지한 후에도 그 서비스가 필요하다고 느껴지면 그때부턴 지속적으로 이용하고, 다시 돌아갈 만큼 필요성이 느껴지지 않으면 뒤돌아볼 것 없이 굿바이다.

유료 서비스는 물론이고 무료 서비스를 이용할 때도 나는 구독에 후한 편이 아니다. 처음엔 돈이 드는 것도 아닌데 구독을 아낄 필요가 있나 싶어 이것저것 구독을 했지만 읽지도 않는 뉴스레터가 메일함에 쌓이고, 팔로우한 수가 의미 없이 늘어갈수록 오히려 어떤 콘텐츠에도 집중하지 못하고 있음을 느꼈다. 그때부턴 무료 서비스도 유료 서비스와 마찬가지로, 한 번 만족했다고 바로 구독하지 않고 두 번 이상의 감동을 느꼈을 때, 그제야 구독 버튼을 눌렀다. '꾹'에서 '꾸욱'으로.


지금 내 브런치에는 구독자가 약 6천 명 정도 있다. 4년 조금 넘는 동안 글을 쓰고 보니 이렇게 많은 구독자가 모였다. 내가 글을 발행하면 알람을 설정해 놓은 구독자들에게 글이 발행되었다는 알람이 뜨는데, 구독자 수가 많지 않았던 때에는 글을 발행해도 조회수에 큰 변함이 없었던 반면, 지금은 글을 발행하자마자 조회수가 빠르게 올라간다. '발행 후 수정'이 기존의 글쓰기 모드였다면 이제는 그럴 수가 없다. 틀린 부분은 없는지, 오해를 살 만한 부분은 없는지 검토하고 또 검토한다. 그래도 늘 부족한 부분은 나오기 마련이지만, 한 번이라도 더 꼼꼼히 살펴보려 눈을 크게 뜨고 발행 버튼을 누른다. 이때도 역시 '꾹'에서 '꾸욱'으로.

　누군가의 글을 우연히 보게 된 후, 다음 글은 우연히가 아닌 필연적으로 만나고 싶을 때 우리는 구독을 한다. 길을 가다 스쳐 지나간 사람들은 인연이 아니지만, 나와 약속을 잡고 만난 사람들은 인연이다. 그래서 나는 구독자를 인연이라고 생각한다. 생선을 냄새 안 나게 구울 수 있는 방법까지 유튜브에서 배울 수 있는 요즘 같은 시대에, 구독에 후하지 않은 사람이 비단 나뿐이겠는가. '꾸욱' 하고 내 구독 버튼을 눌렀을 독자를 생각하면 글을 쓰는 이의 책임감도 그만큼 무거워져야 하는 게 맞다. 한 명이 구독을 취소한다고 아쉬워할 게 아니라 그 한 명이 느낄 아쉬움을 생각해야 한다.

　내 글에 달린 댓글 중에 가장 많이 언급되는 단어는 '공감'이다. 나 역시 누군가가 쓴 글을 읽고 좋다는 느낌을 받으면 하트를 누르지만 공감하면 댓글을 남긴다. 찐하게 감동을 받았을 땐 작가의 메일 주소를 찾아 메일을 보내기도 할 만큼 내가 당신의 글을 읽고 공감받았다는 마음을 어떻게든 표현하고 싶어진다. 나는 아마도 거기에 중독이 된 것 같다. 나와 비슷한 포인트에서 감동하고, 분노하고, 행복을 느끼는 사람들과 오래오래 그리고 자주 공감을 느끼고 싶어서 계속해서 글을 쓴다. 요즘 신조어 중에 '좋구알'이라는 말이 있다. 유튜버들이 자신의 채널을 '좋아요, 구독, 알람 설정' 해주길 부탁할 때 쓰는 줄임말이라고 한다. 나는 '꾸욱'을 부탁드린다.

# 단 한 명을
## 위한

### 글쓰기
### 클래스

탈잉(재능 공유 플랫폼)에서 단 한 명을 위한 온라인 글쓰기 클래스를 진행했다. 첫 클래스에 단 한 명이 신청해 준 것이다. 수강생을 모집하는 일은 오프라인 글쓰기 모임을 진행하고 있는 문토에서 이미 여러 번 경험해 봤기 때문에 그리 쉽지만은 않다는 것을 알고 있었다. 수강생을 모집하는 데 길면 한 달의 시간이 필요하지만 내가 오픈한 첫 클래스 모집 기간은 약 일주일 정도였으므로 많은 신청이 들어오리라는 큰 기대는 없었다. 그런데 생각보다 빠르게 한 명이 신청을 해왔고, 첫 클래스인 만큼 그 한 명을 위해서라도 수업을 진행하기로 결정했다.

사실 온라인 클래스를 열기 전까지 고심했다. 에세이를 쓰는 법에 대해 이야기하는 일에는 생각보다 깊은 대화가 필요한데, 수강생과 직접 만나지 않고 화상으로 이야기를 하려면 제약이 너무 많다고 느꼈기 때문이다. 하지만 코로나로 인해 오프라인 수업을 진행하기에 만만치 않은 상황이었으므로 한번 도전해 보기로 했다.

화상 회의 서비스인 '줌(zoom)'을 이용해 링크를 전달드리고, 꼬박 일주일 동안 수업 자료를 만들었다. 준비한 자료가 세 시간 분량에 맞을지가 가장 걱정이었다. 그래서 오프라인에서 수업을 진행할 때와는 또 다른 시간 계산이 필요했다. 나는 클래스를 시작하기 전까지 허공에 대고 시뮬레이션을 거듭했다.

걱정에 걱정을 안고, 단 한 명의 수강생과 화상에서 만났다. 알고 보니 그는 내 브런치 글을 오래전부터 읽어온 독자였다. 반가운 마음에, 온라인 클래스를 진행하는 것은 처음이라 너무 걱정이 된다고 하소연을 했더니 "저한테 연습 삼아 하세요"라는 농담으로 긴장을 풀어주었다. 혹여 내 목소리가 안 들릴까 싶어 의식해서 또박또박 크게 말하려 애쓰고, 부족하지만 하나라도 더 도움이 될 수 있도록 머리를 굴리고 또 굴렸다.

"10분만 쉬었다가 다시 진행해도 될까요?"

과하게 긴장한 탓에 몸이 너무 고됐다. 노트북 화면과 마이크를 잠시 꺼두고 옆에 있는 침대에 뻗었다. 잠시 후, 노트북 너머로 수강생이 아들과 이야기를 나누는 소리가 들려왔다. 수강생의 아들이 엄마의 방에 슬쩍 들어온 것 같았고 "방이 왜 이렇게 더워? 엄마, 선풍기 틀고 해"라는 목소리가 들렸다. 마치 아들이 공부를 하는 동안 사과를 깎아 건네주는 엄마의 마음처럼 아들은 엄마가 조금이나마 편하게 글쓰기 수업을 듣기를 바라는 마음이 아니었을까. 그 목소리를 들으니, 쉬는 시간이 끝나면 더 열심히 수업을 해야겠다는 마음이 들었다.

저녁 7시에 시작해 밤 10시에 다다랐을 무렵, 나는 녹초가 되어 있었다. 마지막 인사를 나눌 때, 수강생이 해준 한마디에 모든 피로가 가셨지만.

"클래스 듣고 나니까 글을 써볼 용기가 나는 것 같아요."

우리는 손을 흔들며 동시에 수업 종료 버튼을 눌렀다. 그리고 나는, '저도 덕분에 더 많은 사람들에게 글쓰기에 대해 이야기할 용기가 생겼어요'라고 말하지 못한 게 못내 아쉬워서였는지, 아니면 나로 인해 누군가가 글을 써볼 용기가 생겼다는 게 기뻐서였는지 한동안 자리에서 일어나지 못했다.

뒷사람을
위해

문을 붙잡고 있는
신사처럼

언젠가 회사 면접 자리에서 이런 질문을 받은 적이 있다.

"유수진님은 앞으로 어떤 글을 쓰고 싶으세요?"

작가로서의 방향에 대해 회사 면접 자리에서 질문을 받을
줄은 몰랐다. 포트폴리오에 작가 활동 경력을 써놓은 덕분에
면접 자리에서도 그에 대한 이야기를 많이 하게 된다. 그러면
딱딱한 분위기를 풀기에도 좋고, 글쓰기와 관련된 업무를 잘
해낼 수 있다고 자연스럽게 어필하기에도 좋다. 면접에서는
대부분 책은 어떻게 출간했는지, 브런치에선 어떤 글을 쓰는

지 정도의 질문만 받아봤는데, 작가로서 앞으로 어떤 글을 쓸 거냐는 질문은 처음이었다. 나는 잠시 생각해 본 뒤 이렇게 답했다.

"저는 신사적인 글을 쓰고 싶어요."

에세이를 쓰는 사람이다 보니 나의 아주 개인적인 경험과 감정을 재료로 글을 쓸 때가 많다. 때로는 타인의 경험을 빌려오기도 하고, 사회적인 문제를 가져다 쓰기도 한다. 정보를 제공하는 글이라면 오류가 있는지를 검토해야겠지만, 에세이를 쓸 때는 내 글을 읽는 누군가에게 감동과 행복을 주려는 동시에, 되려 상처를 주진 않을까 검토해야 한다.

'신사적'이라는 말은 아주 오래전 멜로 드라마에 나오는 남자 주인공에게나 어울릴 법한 말 같기도 한데, 그래서인지 나는 '신사'라는 말을 들으면 왠지 문을 여닫을 때 뒤에 오는 사람을 위해 잠시 문을 잡고 서 있는 모습이 먼저 떠오른다. 내가 그냥 놔버린 문에 뒷사람이 쾅, 부딪치지 않도록 1~2초 정도의 배려를 할 줄 아는 사람.

특히 유리문의 경우 앞사람이 문을 잡아주지 않으면 뒤따라오는 이가 다시 문을 열 때 힘이 많이 들어간다. 그래서 항상 뒤에 사람이 있을지도 모른다고 생각하고 있으면 습관적으로 문을 더 붙잡고 있게 되는데, 나는 이러한 태도가, 내가 생각지 못한 어떤 독자를 생각하는 것과 비슷한 배려라고 생각한다. 내가 1~2초만 더 문을 붙잡고 있으면, 내가 한두 번이라도 더 생각하고 문장을 쓴다면 보다 신사적인 사람이, 신사적인 작가가 될 수 있지 않을까.

면접을 본 그 회사와 인연이 닿지는 않았지만, 내게 의미 있는 질문을 던져주었던 면접관에게 감사한 마음이다.

# 데드라인의

## 마법

"한 달 안에 나머지 원고 작업 가능합니다."

이 책을 출간하기 위해 담당 편집자와 일정 논의를 하던 중, 추가 원고 작업을 한 달 안에 마칠 수 있다고 말했더니 편집자가 깜짝 놀랐다. 예상됐던 작업 기간보다 빨랐던 모양이다. 사실 한 달은 나로서도 타이트하게 잡은 일정이라 아슬아슬했다. 하지만 일정을 늘어지게 잡고 싶지 않았다. 그게 내가 일하는 방식이기 때문이다. 출판사 대표님과 처음 통화를 할 때에도 "좋은 책을 쓰겠습니다"라고 하려던 말이 "빨리 써서 드릴게요"로 잘못 튀어나왔다. 사실 내게는 같은 말이었지만.

시간을 제한하면 할수록 나는 더 빨라지고, 풍부해지고, 꼼꼼해진다. 회사 대표님이 퇴근 전까지 부탁한 업무가 있으면 퇴근 두 시간 전까지 업무를 마쳐서 전달했다. 혹시라도 부족한 부분이 있을 경우 그것을 보완하는 것까지가 일의 끝이라고 생각했기 때문이다. 오히려 퇴근 시간에 임박해서 아슬아슬하게 고심할 때보다 몇 시간 더 빨리 끝마쳤을 때 일의 완성도나 대표님의 만족도는 더 높았다.

글도 마찬가지다. 오늘 안에 한 편의 글을 쓰겠다고 생각하지 않고, 두세 시간 안에 글을 다 쓰겠다고 마음먹는다. 두세 시간 동안 초안을 완성한 뒤 밥을 먹다 한 번, 양치하기 전에 한 번, 잠을 자기 전에 한 번 퇴고를 한다. 겉으로 보기엔 그저 휘리릭 쓴 글처럼 보일지 몰라도, 신기하게 그렇게 쓴 글이 밀도는 더 높았다.

일본의 천재 편집자로 불리는 미노와 고스케는 한 달에 한 권씩 책을 출간하는 미친 일정을 소화하면서도 손을 대는 족족 베스트셀러를 만들어 낸다고 한다. 게다가 온라인 살롱을 운영하고, 동시에 열 개가 넘는 회사와 기획 업무 계약을 맺기도 했다. 그는 그의 책 『미치지 않고서야』에서 이렇게 많은 일을 동시에 해내는 방법을 약속과 약속 사이 또는 택시로 이동하는 사이에 원고에 대해 생각하는 것이라고 설명한다. '이동한다' '택시를 탄다'에 무언가를 덧붙이면 같은 24시간을 살아도 생산력은 달라질 수밖에 없다.

또, MBC 〈나혼자산다〉에 출연한 프로듀서 코드 쿤스트는 고구마를 굽는 동안 소파에 누워 스마트폰으로 음악을 만들었다. 만약 누군가가 '도대체 그 바쁜 일정을 소화하면서 이런 곡은 언제 만드는 거야?'라고 묻는다면 그는 '고구마 구울 시간에'라고 답하지 않을까.


편집자에게 '한 달'을 외친 그 순간부터 지금까지 내 머릿속은 오로지 원고 생각뿐이었다. 닥치는 대로 책을 읽었고, 영화를 보았고, 여행을 했고, 길을 걸으며 사유했다. 그리고 글을 썼다. 지난 한 달 동안 책을 쓰는 일 외에도 밥벌이, 기고 등 여러 가지 일을 동시에 하면서도, 살면서 이렇게 집중적으로 한 권의 책을 상상해 본 적이 있었나 싶을 만큼 책을 생각했다. 몰아치는 시간 속에서 한 번도 발견되지 않았던 생각들이 팝콘처럼 툭툭 튀어나왔다. 한 달 동안 그것들을 줍느라 정신없이 바빴다. 적당히 쓸 요량이었으면 자신 있게 "한 달"을 말하지 않았을 것이다.

당신의
노래는

언제나 내게
힘을 주고 있었다

가수 김윤아가 채널A 〈오은영의 금쪽 상담소〉에 출연해 오랫동안 번아웃을 겪고 있다고 고백했다. 약 300여 명의 승객이 사망한 세월호 침몰과 같은 어두운 사건 사고를 보면서 자신이 하는 일에 대한 회의를 느낀 듯했다. 사람들을 위로하고 응원하는 음악이, 커다란 사고 앞에서는 결국 아무것도 막아내지 못하고, 실질적인 도움 또한 되지 못한다는 생각에 말이다.

나는 중학생 때부터 김윤아의 노래를 참 좋아했다. 그녀의 노래에는 왠지 회색빛이 감돌았고, 사춘기 시절에 어울리는 반항심도 가득했다. 노래방에서 자우림의 '파애'라는 곡을 부를 때는 "왜 나를 사랑하지 않아~"라는 가사를 외치며 나를 사랑해 주지 않는 세상에 대고 고함을 치는 듯한 해방감이 들기도 했다. 그때는 내가 왜 그녀를, 그녀의 노래를 좋아하는지 잘 몰랐지만 지금 생각해 보면 '초민감자'끼리 통하는 신호가 있었던 건 아닐까 싶다.

초민감자란 지나친 공감 능력 때문에 같은 사건을 겪어도 감정적으로 더 많이 괴로워하는 사람을 뜻한다. 나 역시 사건 사고를 전하는 뉴스를 볼 때마다 억울하게 피해를 입은 피해자에 감정 이입이 되어 고통을 느끼곤 했다. 사고 장면을 몇 번이나 반복 재생해 보면서 혹여 우리가 놓친 부분은 없는지, 잘못을 되돌릴 수 있는 방법은 없는지와 같은 힘겨운 생각에 빠지곤 했다. 그러면서 지인들에게 "내가 뭐라도 해야 되지 않을까?"라고 농담처럼 이야기하기도 했지만, 실제로 내가 할 수 있는 일은 아무것도 없었다.

가끔 너무 화가 나는 사건을 주제로 에세이를 쓰기도 했지만, 사실상 그 글을 출간될 책에 넣을 수는 없었다. 민감한 이야기이기 때문에, 감히 나라는 사람이 왈가왈부하며 세상에 드러낼 수 없는 것이었다. 그 속에서 나는 작아졌다.


사람이 가장 무기력해질 때는 내가 할 수 있는 일이 아무것도 없고 무엇을 해도 상황이 바뀌지 않는다고 느껴질 때다. 내가 할 수 있는 일이라고는 글을 쓰는 것밖에 없는데, 이 글이 아무런 도움도 되지 않는다고 생각하면 나도 더 이상 빈 화면을 마주하기가 어려워지는 것이다. '써봤자' 혹은 '써본들'의 함정은 때때로 깊었다. 그럴 때면 댓글을 읽었다. 웬만하면 나는 댓글을 달아준 사람들에게 대댓글을 달기 위해 노력한다. 내 글을 시간 가는 줄 모르고 읽었다는 사람, 책이 더 읽고 싶어졌다는 사람, 희망이 생겼다는 사람들의 이야기를 몇 번씩 곱씹는다. 댓글을 읽고 있노라면, 내 글이 세상에 쓸모 있음을 새삼 다시 한번 깨달을 수 있었다. 함정에 빠지려 드는 나를 자꾸만 바깥으로 끄집어 내주는 손들.

그들이 있었기 때문에 지금의 내가 존재할 수 있었다고 생각한다. 이렇듯, 때로는 나도 모르고 당신도 모르는 사이에 우리는 서로에게 좋은 영향을 주고받는다.


음악과 글의 공통점은 그것이 가진 힘이 눈에 잘 보이지 않는다는 것이다. 사춘기 시절에 들은 자우림의 노래가 내게 어떤 영향을 끼쳤는지, 취업 준비생 시절에 읽은 책 한 권이 내게 어떤 영향을 끼쳤는지 나도 잘 모른다.

그러나 확실한 건, 학창 시절 내내 나의 MP3에는 자우림의 노래가 담겨 있었다는 사실이다. 그 노래를 들으면서 학교에 가고, 학원에 가고, 시험공부를 하고, 운동을 하고, 좋아하는 이에게 편지를 썼다. 그때는 단지 내가 자우림의 노래를 좋아해서 많이 듣는구나 싶었는데, 돌아보면 그 이상으로 내 일상을 의지했던 것 같다. 그녀의 노래는 언제나 내게 응원을 보내고 있었다.

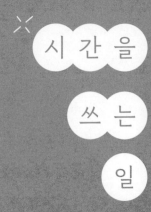

시간을
쓰는
일

한 번에 되지 않아도

괜찮아

글쓰기
모임은

겨우
여섯 번입니다


요새는 '전문가'라는 게 학위나 자격증의 유무로 결정되지도 않고, 정확한 경계가 없어 본인이 얼마나 본인의 전문성에 확신을 갖느냐가 전문가로 불리는 데 많은 영향을 미치는 듯하다. 한동안 SNS에서 활발하게 활동하던 한 전문가를 1년 정도 지켜보고 있었다. 그의 행보는 자신감 넘쳐 보였다. 자신감이 부족한 나에겐 본보기가 될 때가 많았고, 그의 콘텐츠에서 얻는 정보들도 유익했다.

그의 말에 따르면, 이곳저곳에서 좋은 결과물을 만들어 내고 있는 듯했고 꽤 많은 팬들이 그의 SNS 게시물 하나하나에 반응했다. 문제가 생긴 건 그 반응에 힘입어 게시글 수위가 점점 아슬아슬하게 줄타기를 하는 시점부터였다. 나는 그 줄타기가 너무 불안해서 더 이상 그의 게시물을 보고 싶지 않아졌다. 1년 전 게시물과 달리, 일회성 '좋아요'를 갈망하는 내용들이 많아지는 것 같아 안타까웠다. 그러면서 게시물에 달리던 '좋아요' 수가 세 자릿수에서 두 자릿수로 떨어졌고, 급기야 한 자리 숫자가 됐다. 그는 그런 변화에 흔들리고 있었다.

요새 이런 모습들을 보면 무섭다. 꾸준히 글을 쓰는 이상, 미래의 나에게도 얼마든지 일어날 수 있는 일이니까.

회사 생활도 그렇다. 처음 입사할 때 회사 건물을 들어서면서 다짐했던 그 마음이 지금도 여전할까? 그만큼 뜨겁고, 설레고, 풋풋할까? 만약 그렇다면 그건 병일지도 모른다. 사랑하는 사람과 1년이 지나고, 10년이 지나도 가슴이 콩닥콩닥거리면 정말로 그건 병일지도 모른다. 시간이 지나면 무엇이든 익숙해지고, 쉬워지고, 마음 씀이 줄어들기 마련이니까. 첫 마음처럼 뜨겁지는 못해도 중간만큼이라도 꾸준히 이어나가는 일이 그래서 중요하다.


tvN 〈유 퀴즈 온 더 블럭〉에 출연한 박지선 교수는, MC 유재석이 최고의 자리에서 10년 넘게 유지하고 있는 비결이 그가 과거에 비해 200%, 300% 더 노력하고 있기 때문이라고 말했다. 깊이 공감됐다. 내 경우만 생각해도, 20대 때는 낮잠만 잘 자고 일어나도 피부가 좋아 보였는데, 요새는 각질 제거는 물론 팩도 하고 좋은 화장품을 바르고 아홉 시간은 자야 그나마 피부가 괜찮다 싶으니까.

글쓰기에서도 중요한 점이 바로 '유지' 아닐까. 단 한 편의 글을 기깔나게 잘 써서 갑자기 화제가 되는 작가보다는 가끔은 그저 그런 글을 쓸지라도 오래도록 진심을 다해 글을 쓰고 소통하는 작가가 되어야 한다고 생각한다. 매일 글을 쓰는 일은, 매일 똑같은 에너지를 붓는 것처럼 보이지만 사실은 이전보다 훨씬 더 많은 노력을 기울이는 일이라 쉽지만은 않다. 그렇기 때문에 가급적 매일 한 문장씩이라도 글을 써서 리듬을 유지해야 한다.

"모임이 끝난 후 어떤 글을 쓰고 싶으세요?"

내가 글쓰기 모임을 진행할 때마다 참여한 멤버들에게 던지는 질문이다.

우리가 오프라인에서 만나 모임을 갖는 것은 한 시즌당 겨우 여섯 번. 각자 생업이 있는 사람들이 격주 주말마다 합정역에 모여 세 시간씩 글을 쓴다는 게 어디 쉬운 일인가. 하지만 렌즈를 줌 아웃해 평생의 글쓰기로 바라봤을 때 여섯 번은 아주 적은 횟수다. 이 여섯 번의 모임은, 단지 그 이후에 꾸준히 글을 써나가기 위한 준비 운동 단계일 뿐이다. 그래서 나의 수업은 'ing'보다 'after'에 초점을 맞춘다.

언젠가 글쓰기 모임에 참여했던 멤버 한 명이, 모임을 마치고 몇 달 후 브런치 작가가 되어 한 포털 사이트에 자신의 글이 노출되었다는 소식을 전해주었다. 그때는 정말 내 글이 메인 페이지에 걸렸을 때보다 더 기뻤다.

슬럼프를 겪고 있는 그 전문가가 다시 예전처럼 인사이트 깊은 내용을 전하며 더 좋은 활동을 이어나갈 수 있기를 바란다. 한철 반짝 빛나고 말기엔, 우리는 긴 꿈을 가진 사람들이니까. 그러니 글을 쓴다면 글 한 편에 모든 승부를 걸고, 한 번의 승패로 자신의 가치를 결정 짓기보다는 꾸준히 씀으로써 오래도록 사랑받는 작가가 되는 일이 더 큰 행복일 것이다. 글쓰기 모임은 겨우 여섯 번이지만 우리에게 남은 평생의 글쓰기는 최소 60년이다.

내가
기대한

글쓰기
모임의 평점

글쓰기 모임을 진행하기로 결정하고 첫 모임을 며칠 앞둔 어느 날, 회사에서 복지로 제공하는 심리 상담을 받았다. 상담 선생님과 어느 정도 친분이 생겼을 때 글쓰기 모임을 진행하게 되었다는 소식도 전했는데, 선생님은 정말 잘됐다며, 혹시 모임이 끝날 때 사람들에게 점수나 피드백도 받는지를 물어봤다. "그래도 유료 모임이니 당연히 점수를 받지 않을까요?"라고 말했더니 또 나에게 몇 점을 기대하느냐고 물었다.

"5점 만점에 4점 이상은 받고 싶어요."

대답을 하는 내 목소리에 왠지 모르게 잔뜩 힘이 들어갔다. 욕심이 많은 성격은 아닌데, 글쓰기나 내가 리딩을 맡은 일에는 눈에 불을 켜는 편이다.

처음 프로젝트 리더를 맡았을 때만큼 회사를 열심히 다녔던 적이 없다. 퇴근하면서도 일 생각, 아침에 머리 감으면서도 일 생각, 프로젝트를 반드시 성공시켜서 높은 사람에게 잘했다는 소리를 듣겠다는 일념으로 오직 프로젝트에만 몰두했다. 결과는 성공적이었다. 프로젝트가 끝나고 잘했다는 소리를 들었으니까. 그런데 생각해 보면 그때 내 기분은 그저 그랬다. 무조건 받아야 인지상정인 선물을 받은 잔잔한 안도감뿐이었다.

언젠가 출근을 했는데 책상 위에 꽃 한 송이가 놓여 있던 적이 있다. 같이 일하던 동료가 오는 길에 '그냥 샀다'며 준 선물이었다. 물론 나는 그 선물을 받지 않았어도 일상에 별다른 문제가 없었을 것이다. 늘 그랬듯 컴퓨터를 켜고 키보드를 두들겼을 것이다. 하지만 뜻밖의 선물을 받은 만큼 그날 하루 동안 내 기분은 둥둥 떠다니는 눈송이 같았다. 괜히 꽃을 들고 셀카를 찍기도 하고, 턱을 괸 채 두고두고 바라보았다. 반면 프로젝트 성공에 대한 칭찬처럼, 받아야 인지상정이라고 생각한 선물을 받지 못하면 큰 문제가 된다. 예를 들어, 나는 친구의

생일날 케이크와 선물을 사주고, 노래도 불러주며 진심을 다
해 축하해 줬는데 정작 친구는 내 생일을 깜빡 잊어버린 경우
다. 내가 축하한 만큼 나도 축하받을 거라고 기대했다면, 가장
행복해야 할 생일에 얼마나 마음이 힘들겠는가. 그러니 당시
내가 높은 사람에게서 잘했다는 말을 듣지 못했다면 어떤 일
이 벌어졌을지, 생각만 해도 끔찍하다.

"점수를 너무 높게 잡았어요. 3점만 받아도 잘 받은 거예
요. 모임 진행은 이번이 처음이시잖아요."

상담 선생님은 내가 글쓰기 모임의 평점을 받아야 인지상정
인 선물처럼 대하지 않길 바랐던 것 같다. 나는 리더로서 혼자
책임져야 하는 글쓰기 모임에 최선을 다하면서도, 평점은 그
것과는 별개로 생각해야 했다. 글쓰기 모임은 점수가 정해진
자격증 시험 같은 것이 아니기 때문에 참여하는 멤버에 따라
다른 시각으로 바라보며 피드백을 줄 수 있다는 사실을 받아
들여야 했다. 그래서 A를 준비해 갔는데 반응이 별로 좋지 않
으면 다음 모임에는 B를 준비해 가고, B의 반응이 좋으면 다
음에 B+를 준비해 가면서 조금씩 모임의 틀과 방향을 잡아가
는 과정이 필요했다.

결과적으로 글쓰기 모임에서의 평점은 숫자로 결정되지 않았다. 다만, 문서로 피드백을 받기도 하고, 모임을 진행하는 틈틈이 멤버들의 후기를 묻고, 들으며 부족한 점을 잡아가려 노력했다. 아직 시작 단계에 서 있는 나에게, 낮은 점수와 아쉬운 피드백은 그만두라는 신호가 아니라 더 좋아지라는 발판이기에. 그렇게 조금씩 최선을 다하다 보면 뜻밖의 행복이 찾아올지도 모른다고 생각하니 모임에 가는 발걸음이 가벼워졌다.

동굴에
들어간

당신에게

힘든 속내를 드러내는 누군가의 글을 보면 왠지 모르게 힘이
난다. 그래서 내가 남들의 힘든 이야기에 힘이 나는, 못된 사
람이라고 생각하곤 했다. 페이스북이나 인스타그램 등 각종
SNS마다 다른 특성이 두드러지는데, 그중에서 페이스북은 '얼
마를 투자받았네' '우리 회사가 이만큼 잘 나가고 있네' 하는
회사 자랑 이야기가 많은 편이다. 그러다 아주 가끔 새벽 감성
이 가득한, 개인적인 심경을 토로하는 글이 올라올 때가 있다.
　언젠가 게으르고 용기가 없는 자신에 대해 반성하는 한 대
표의 글을 본 적 있다. 꽤 오래 무기력을 느끼며 슬픈 감정에
빠졌고, 왜 이러는 건지 이유를 알 수 없어 스스로가 실망스럽

다는, 약하디 약한 속내를 드러낸 글이었다. 자랑 가득한 페이스북 게시물들을 엄지 손가락으로 쭉쭉 내리다가 그 글에 멈춰 서서 한참을 읽었다. 그리고 평소에 '좋아요'를 잘 누르지 않는 내가, 좋아요를 꾸욱 눌렀다. 무슨 감정이었을까.

최근에 미친 듯이 무언가에 몰두하며 힘이 넘치다가도, 갑자기 모든 일에 손을 놓고 며칠인지도 모를 날들을 보냈다. 꽤나 간절하게 바라던 일이 잘 이루어지지 않았고, 그러면서 나를 남들과 비교하며 땅끝까지 끌어내렸다. 또 가장 가까운 사람의 이면을 보게 되면서 "에라 모르겠다, 올 스톱!"을 외쳐버렸다. 정말 아무것도 안 하고 올 스톱이면 나으련만, 눈이 뻑뻑해져 올 정도로 스마트폰을 보고, 눈이 아픈 줄 알면서도 불필요한 정보들을 계속 찾아보면서 오히려 나를 더 괴롭게 했다. SNS에 자신의 속내를 솔직하게 털어낸 대표의 글은, 그런 내게 알 수 없는 동기부여가 되었다. 마치 사람들에게 '나 지금 동굴에 있어요. 하지만 곧 나갈 거예요.'라고 공공연하게 말함으로써 지금의 어려움을 빨리 극복하자고, 스스로에게 말하는 것 같았다.

사람이라면 누구나 한 번쯤 깊숙한 동굴로 들어가고 싶을 때가 있지만, 그런 자신을 객관적으로 관찰할 줄 알고, 언젠가는 동굴 밖으로 나갈 의지도 있기에 글을 쓸 용기를 낼 수 있었던 게 아닐까. 그러니까 나는 누군가의 어려움이 아니라 용기를 보고 힘이 났던 것이다.

각자의 힘든 일을 솔직하게 드러내는 이야기가 더 많아졌으면 좋겠다. 물론 인생에 힘든 일이 아예 없으면 좋겠지만, 초콜릿이 맛있다고 초콜릿만 먹고 살 수는 없다. 잘 먹고 잘 사는 이야기만큼이나 잘 못 먹고, 잘 못 살고 있는 이야기도 있어야 어려움이 지나고 나면 또 좋은 일이 찾아오기도 한다는 것을 잊지 않고 살아갈 수 있다. 또한, 그렇게라도 겪고 있는 어려움을 말해줘야 주변 사람들도 내가 동굴에서 나올 때까지 먼발치에서나마 기다려 주든, 적절한 위로나 격려를 보내주든, 할 수 있다.


아마도 그 대표는 회복의 시간을 거친 후, 동굴에 들어가기 전보다 더 높이 뛰어오를 것이다. 그의 용기와 솔직함에 감사하며 페이스북에서 스쳐 지나가던 나의 작은 응원이 그에게 힘이 되기를, 그리고 그 응원이 다시 나에게 닿기를 바라본다.

취미가
없다는 건

조금
슬픈 일인 듯

도서관에 가면 자꾸 욕심이 생긴다. 한 번에 책을 다섯 권까지 빌릴 수 있는데, 늘 다섯 권이 넘는 책을 골라놓고 무인 대여기 앞에서 어떤 책을 덜어낼지 고민한다. 매번 책을 빌렸다가 금방 반납하기를 반복하는 나에게, 사람들은 그 책을 다 보긴 보느냐고 묻곤 하는데 사실 다 읽지는 않는다. 어떤 책은 앞에 몇 장만 훑어보다가 말기도 하고, 어떤 책은 첫 장을 펼치자마자 빠져들어 하루 만에 끝장을 보기도 한다. 독서 경력이 10년 정도 되니 이제 표지만 봐도 대략 이 책이 나에게 잘 맞는 책인지 아닌지 감이 오지만, 편안한 상태에서 독서를 해봐야 더 정확하게 책과 나의 궁합을 알 수 있기 때문에 조금이라도 마음에 든다 싶으면 무조건 빌리고 본다.

취업 준비생 시절에 돈이 들지 않으면서도 시간을 보낼 수 있는 취미로 찾은 게 독서였다. 그게 습관이 되어 지금까지 책은 항상 내 곁에 머물러 있고, 직장인이 된 후로 돈이 드는 취미 생활을 할 수 있게 되었으면서도 독서를 멈출 수 없었다. 독서의 진짜 매력을 알아버렸기 때문이다. 몇몇 사람들이 한 책을 짚으며 "이 책 어때?"라고 물으면 솔직히 마음속으로는 읽을 만한 책인지 아닌지 몇 초 만에 평가를 마친다. 세상에 읽어서 나쁠 책은 단 한 권도 없다고 생각하는 주의이지만, 짧은 인생 아닌가. 한정된 시간 안에서 최대한 자신에게 도움이 되는 책을 골라 읽는 것이 효율적이니 "개인적으로 그 책은 별로다"라거나 "꼭 읽어보길 추천한다"라고 솔직하게 의견을 주는 편이다.

10년 전에는 내가 책에 대해서 이야기를 할 수 있는 사람이 될 거라고는 상상할 수 없었다. 우연히 시작된 독서 습관 덕분에 세상을 살면서 맞닥뜨릴 수 있는 수많은 일들을 미리 혹은 대리 경험할 수 있었고, 내가 어떤 사람인지 깊게 생각해 볼 수 있었다. 이 과정에서 나에게 잘 맞는 책과 그렇지 않은 책을 분간하는 힘을 길렀고 그것은 단순히 책을 고르는 데에만 국한되지 않았다. 나와 잘 맞는 직장, 그렇지 않은 직장, 나와 잘 맞는 사람, 그렇지 않은 사람, 받아들여야 할 일, 피해야 할 일 등 인생에 중요한 부분을 짚어내는 힘이 되기도 했다.

내게 독서가 그랬던 것처럼, 잘 만든 취미 하나가 별거 없던 우리의 일상을 특별하게 만든다.


한번은 사진 찍는 것을 좋아하는 동료와 점심을 먹은 적이 있다. 그날 동료는 귀여운 카메라를 들고 와 나에게 그 카메라의 장점을 이것저것 설명해 줬는데 사실 하나도 못 알아들었다. 그저 그 카메라가 왜 좋은지를 열정적으로 설명하는 그의 모습이 '진짜' 즐거워 보였을 뿐이다. 밥을 다 먹은 후, 근처 카페로 가 주문한 커피를 기다리는 동안에도 동료는 카페에 있는 사물들을 찍었다. 의자의 각도를 이리저리 바꾸고 다리를 굽혀 자세를 낮췄다 높였다 하며 열심히 찍길래, 나도 그 옆에서 스마트폰으로 따라 찍어보았다.

같은 사물을 찍어도 결과는 하늘과 땅 차이일 수밖에 없었다. 전문가 수준의 결과물을 내기까지 그는 과연 몇 번의 서터를 눌러왔을까. 그러면서 또 얼마나 행복했을까.


요즘 엄마는 코바늘로 수세미를 만든다. 밥 먹고 소화시킬 겸, TV를 보면서 손은 쉴 새 없이 실을 꿰맨다. 손이 저리다고 하면서도 엄마는 점점 수세미에 욕심을 내기 시작했다. 처음에 엄마가 만든 수세미를 보고, 장난으로 "색 조합이 이상하다"라고 했더니 이제는 색깔의 톤을 맞추거나 끝부분을 나풀나풀 꽃 모양으로 만들기도 한다. 우리 엄마가 만들어서가 아니라 정말로 길거리에서 파는 수세미와 비교해도 손색이 없다. 내 작업실에도 그 수세미를 갖다 놓고 쓰면서 손님이 올 때마다 우리 엄마가 만든 거라고 자랑하는데, 다들 대단하다고 엄지를 치켜세운다. 내가 만든 것도 아닌데 내가 다 뿌듯해진다.

취미는 그저 시간을 때우거나 즐겁기만 한 일이 아니다. 일주일에 단 한 시간만이라도 무엇인가에 시간 가는 줄 모르게 푹 빠질 수 있다는 건, 작가 사사키 쓰네오의 말처럼 '어떠한 일의 무게를 알게 되는 일'이기도 하다. 그러니까 취미를 갖는다는 건, 점점 더 깊은 사람이 되어간다는 것. 이제 취미가 없으면 조금 슬플 듯하다.

내가 있는
이곳은

우물일까,
바다일까


최근까지 내 유튜브 피드에는 심리학 관련 영상이 가득했다. 요즘에는 tvN 〈어쩌다 어른〉의 심리학 강의가 추천 영상으로 자주 뜬다. 유튜브에 처음 빠져든 것도 평생 내가 본 적 없었던 사람을 만나면서 그 심리가 궁금해 관련 정보를 찾아본 게 계기가 되었는데, 웬만한 기초 심리학 용어들을 섭렵했을 정도로 한동안 관련 영상들을 눈이 빠져라 봤던 것 같다.

그렇게 며칠, 몇 달이 흐르자 나는 사람들을 만날 때마다 심리학 이야기를 꺼냈다. 차마 입을 다물 수도 없을 만큼 흉악한 범죄가 많이 일어나는 요즘, 도대체 세상은 왜 이렇게 돌아가는 걸까, 친구들과 한탄 섞인 이야기를 나누다가도 "내가 어디에서 봤는데 소시오패스들은…" 하며 범죄자의 행동을 얕은 심리학 지식에 끼워 맞추곤 했다. 몇몇 친구들은 "네 말을 듣고 보니 그런 것 같다"라고 했고, 그들의 공감을 받은 나는 '역시 내가 심리학 영상을 많이 봐서 사람을 파악하는 눈이 생기고 있구나' 싶었다.

그날도 여느 날처럼 유튜브를 켰더니 한 정신과 의사의 심리학 관련 영상이 떴다. 잠들기 전에 보고 자야지, 하고 영상을 켰는데 심리학 관련 영상에서 흔히 듣던 말이 아닌 한마디가 귀에 박혔다.

"심리학 관련 영상들 너무 많이 보지 마세요."

생각해 보면 나는 누군가의 이해되지 않는 특정 행동을 머리로 이해하기 위해 온갖 심리학 관련 영상을 찾아보았지만, 머리로는 이해해도 답답한 마음은 여전히 풀리지 않았다. 그 행동을 어떻게 받아들일지는 머리로만 이해한다고 해서 해결될 문제는 아니었기 때문이다. 특히 전문적인 지식이 없는 상태라면, 자신이 갖고 있는 지식 내에서 그 행동의 이유를 끼워 맞추게 되고, 그러다 보면 오히려 정신적으로 더 괴로워질 수 있다. 심리학뿐만이 아니다. 그 무엇이 되었든 한 가지 분야에만 모든 에너지를 올인하는 것은 건강한 습관이 아니다. 그것이 내 의도가 아닌 추천 엔진의 의도라면 더욱이.

'필터 버블'이란 이용자의 관심사에 맞춰 필터링된 인터넷 정보 탓에 편향된 시각에 갇히는 현상으로, 지금 유튜브를 켰을 때 한두 가지 주제의 영상만 주야장천 뜬다면 내가 이러한 버블에 갇힌 건 아닌지 한 번쯤 의심해 보아야 한다. 내가 의도하지 않은 어떠한 순간에, 우연히 본 영상이 내게 얼마나 큰 영향을 끼칠 수 있는지에 대해서는 스스로 생각해 볼 필요가 있지 않을까.

언젠가 한 SNS 채널에서 글을 읽은 뒤 다른 사람들의 의견이 궁금해 댓글을 눌렀다가 깜짝 놀랐다. 극명하게 양극화를 보일 문제는 아니라고 예상했는데 90% 이상이 부정적인 의견을 보였다. 게다가 나머지 10%는 90%의 기세에 눌렸는지 "이렇게 생각하는 제가 이상한 건가요?"라는 반응이었는데, 그 밑에 무성하게 달린 대댓글에는 10%의 의견을 무시하는 내용이 대다수였다. 아마도 해당 SNS 채널을 구독하는 사람들의 성향이 한쪽으로 치우쳐져 있었던 모양이고, 그 후로도 해당 채널에 올라오는 글에 대한 반응은 비슷했다. 한쪽으로 기울어진 의자는 부러지기 일보직전이었고, 나는 붕괴하기 전에 그 위험에서 탈출하기로 결심했다.

내가 지금 헤엄치고 있는 피드는 우물일까, 바다일까. 세상이 정교해지면 정교해질수록 스마트폰의 화면을 키우는 것보다 시야를 확장하는 능력이 더 중요하지 않을까.

영원한
관리 대상,

뱃살처럼

특별히 다이어트를 해본 적이 없다. 주변에선 내가 체질상 많이 못 먹는 체질이라고 생각하지만, 그리고 나 역시 그렇게 생각하며 살아왔지만 사실 그렇지 않다. 내가 평생 5kg 이상의 큰 변화를 가져본 적 없이 몸무게를 유지할 수 있었던 건 365일 습관적으로 다이어트를 했기 때문이다. 평소에 '많이 먹으면 살이 찐다'는 생각을 늘 했고, 그래서 식사를 할 때마다 밥그릇에서 한 숟갈을 덜어내는 습관이 생겼다. 조금이라도 살이 찐 느낌이 들면 바로 트레이닝복으로 갈아입고 동네 뒷산을 뛰어올랐다.

다이어트를 하기 위해 PT를 받거나 식단 조절을 하는 것은 분명 도움이 되는 일이다. 하지만 그것을 멈춘다면? 살은 다시 찔 것이고, 살을 빼고자 또 PT를 받거나 식단 조절을 해야 할 것이다. 단기간의 어떤 방법으로 한순간 날씬한 몸을 만들 수는 있어도, 그 모습을 유지하기 위해선 결국 '관리'가 필요하다는 말이다. 그리고 이러한 사실이 다이어트뿐만 아니라 우리 삶 대부분의 영역에서 비슷하게 적용됨을 최근에 깨달았다.

늦은 저녁, 시간이 나는 날엔 요가 매트 위에서 좋아하는 유튜버의 영상을 켜놓고 명상 요가를 한다. 하라는 대로만 따라 하지도 않고, 내가 하고 싶은 대로 몸을 스트레칭하지만 그 어느 때보다 편안해짐을 느낀다. 나를 편안하게 해주는 요가 유튜버의 목소리, 조명의 밝기, 주변을 환기시키는 향기 등 이 모든 적당한 상태를 찾아내기까지, 어쩌면 나는 '행복해지기 위한 몸부림'을 부린 건지도 모른다. 현재의 삶이 불편하고 혼란스러우니까 그 마음을 진정시키기 위해 나름의 방법을 찾고 있었던 것이다. 문제는, 이 방법은 꽤 효과가 있었지만 바람만큼 그리 오래가지는 않았다.

그럴 때면 또다시 내가 편안해지는 상태에 나를 가져다 놓는다. 최적의 환경을 반복적으로 만드는 것이다. 그렇게 몇 번을 반복하다 보면 나만의 신성한 의식이 되고, 마치 오래전부터 존재해 온 '행복해지는 프로그램'인 듯 무척 자연스러워진다.

하나의 방법으로 단 한 번의 행복을 가질 순 있어도, 행복한 상태를 유지하기 위해선 결국 꾸준한 노력이 필요하다는 것을 이제는 안다.

영화 〈첫 키스만 50번째〉에서 남자 주인공은, 자고 일어나면 기억을 잃는 여자 주인공을 위해 매일 아침마다 자신이 누구이고, 우리가 어떤 사랑을 했었는지를 영상으로 보여준다. 여자는 처음엔 조금 혼란스러워하지만, 이내 자신의 상태를 깨닫고 내일이면 또 까맣게 잊어버릴 행복한 하루를 보낸다. 나는 그녀처럼 기억을 잃지는 않았지만, 자고 일어나면 어젯밤의 행복했던 상태를 잊어버리는 사람일지도 모른다. 매일 아침마다 행복한 상태를 다시 찾기 위해 노력할 뿐, 행복은 반복적이고 의식적인 노력 없이 유지되지 않는다. 영원한 관리 대상, 우리의 뱃살처럼 말이다.

가까워지되

굳이
가까워지는 말고



사람이 많기는 해도 굳이 어깨를 툭 치고 가거나 내 몸을 자신의 손으로 밀고 갈 정도는 아닌데, 이런 일쯤은 지하철에서 흔한 것이었다. 뭐라고 하기도 참 애매모호한 환경인지라 출퇴근길엔 예민하게 신경을 곤두세우고 최대한 내가 피해 갈 수밖에 없었다. 그런데 어느 순간 문득, 경계심이 느슨해졌음을 느꼈다. 내가 한발 물러설 때 상대방도 한발 물러서는, 사람과 사람 사이에 간격이 벌어지기 시작한 그때부터. 코로나였다.

시끌벅적하던 야구장의 관람석이 텅 비었고, 전통 시장에는 불청객 파리만 쓸쓸히 오간다. 나 역시 제주도 여행을 끝으로 그렇게나 좋아하는 바다를 보지 못했고 볼링장, 노래방, 영화관 등 좋아하는 모든 장소에 갈 수 없어 일상이 무척이나 심심해졌다. 코로나가 하루빨리 끝나 다시 가까워지기를 바라지 않는 사람이 있을까. 그런데 나는 우리가 다시 가까워지기 전에 우려되는 것들이 있다. 필요 이상으로 가까워지는 일이다.

예를 들어 지하철에서 굳이 남의 몸을 세게 밀치며 접촉하는 사람들은 어디에나 있다. 몸이 밀리니 분해도 '사람이 많으면 그럴 수도 있는 거 아니에요?'라고 한다면 나는 딱히 할 말이 없다. 그런데 코로나가 시작된 이후 몸을 밀치는 사람이 많이 줄어들었다. 저 사람의 몸과 닿지 않겠다고 마음만 먹으면 그전에도 부딪히지 않았을 거란 얘기다.

어찌할 수 없음과 무례함은 종이 한 장 차이와도 같아서 당하는 사람의 입장에선 쉽사리 반응하지 못할 때가 있는데 어쩌다 보니, 코로나 때문에 그 마음 불편함은 많이 사라진 느낌이었다.


주말마다 약속이 없으면 불안했다. 하루쯤 집에서 쉬고 싶다는 생각이 들어도 왠지 '사람을 만나야 할 것 같아서'라는 생각에 억지로 약속을 만드는 날도 있었다. 요새 내가 너무 뜸했나, 먼저 연락해 볼까, 주말에 집에만 있으면 아쉽지 않을까, 하며 혼자 쉬고 싶다는 몸의 신호를 무시하고 억지로 사람들과 가까이 붙어 있으려고 했다. 유명하다는 빵집도 가고, 두 손 가득 쇼핑도 하고, 분위기 좋은 펍에서 맥주도 마셨는데 집에 가는 길엔 공허함이 뒤따랐다. 기력이 조금도 남지 않고 다 소진되어 버렸다. 그땐 왜 꼭 누군가와 가까이 있는 것만이 '채움'이라고 생각했을까. 하루쯤 세수도 하지 않고 혼자 침대 위에서 넷플릭스를 보는 것도 채움이 될 수 있는데.

바깥 활동이 어려워 답답한 일상이지만 사람들은 그 안에서 또 다른 채움을 배워가고 있다. 누군가는 그림에 취미를 붙였다고 하고, 누군가는 노무사 시험공부에 매진해 합격했다고 했다. 나도 그동안 자의 반 타의 반으로 사람을 만나야 할 것 같은 생각을 잠시 내려놓고 편안하게 적당한 거리를 유지하는 방법을 배웠다. 주말에 약속이 없는 게 나 하나도 아니니 신경 쓸 필요가 없었고, 나 자신에게 쓸 수 있는 시간이 많아진 만큼 나의 성장에 대해 많은 고민을 할 수도 있었다. 다른 이에게 분산됐던 시선을 온전히 나에게 쏟아 집중할 수 있게 된 것이다.

코로나가 끝나도 가까워지되 '굳이' 가까워지지는 말기를. 지하철에서 남의 몸을 함부로 밀치지 말되 야구장에서 서로 어깨동무하고 응원가를 목 놓아 부를 수 있기를. 주말마다 억지로 약속을 잡고 공허한 만남을 갖기보다는 일주일 내내 출근하느라 피곤한 내 자신에게 가끔은 온전한 혼자만의 휴식을 선물할 수 있기를. 하루빨리 코로나가 끝나 그렇게 적당한 거리를 지키며 다시 시끌벅적하게 살 수 있기를.

# 친구
# 목록

## 점검이
## 있겠습니다

현재 내 카카오톡 친구의 수는 100명 이하다. 100명이 넘어가면 자주 연락하지 않는 사람은 '숨김 목록'으로 옮겨둔다. 언제부턴가 100명이 넘어가는 수가 버거워졌기 때문이다. 이 사람들을 모두 내 친구 혹은 지인이라고 말할 수 있을까? 10년 전에 알았던 사람, 알고 지내고 싶진 않지만 어쩔 수 없이 번호를 교환한 사람, 딱 한 번 스쳐 지나간 사람 등이 모두 내 친구로 섞여 있었으니까 말이다.

서른이 넘어가고 사회생활도 어느 정도 안정기에 접어들자 알고 지낸 사람들이 꽤 많이 쌓였다. 그러면서 때로는 내가 가진 명함이나 전화번호의 수가 열심히 살았다는 징표 같기도 했다.

'올해도 참 많은 사람들을 만났군. 사람은 다 나의 자산이야.'

각자의 생일엔 커피 기프티콘을 나누며 우리의 관계가 멀리서나마 이어지고 있음을 느꼈다. 프로필 사진에 결혼식 사진이 뜨면 결혼 축하 메시지를, 아이 돌 사진이 뜨면 아이의 건강을 응원하는 메시지를 보냈다. 우리가 실제로 만난 지는 5년이 넘어가고 있었지만 말이다.

그러다 언젠가 친구 목록을 정리할 필요를 느꼈다. 내가 받아들일 수 있는 인간관계의 총량이 가득 찼다는 생각이 들었다. 1년에 한 번이라고 생각하면 적지만 친구가 10명이 되고, 100명이 되고, 500명이 되면 적은 숫자가 아니었다.

사람은 다 자산이라는데, 가능하다면 모두 잘 보이는 친구 목록으로 꺼내서 기념일을 빠짐없이 챙기고, 가끔 안부 인사라도 해야 하지 않을까 싶기도 했다. 하지만 친구 목록에 몇백 명을 모두 꺼내놓는다고 해서 그 많은 사람들을 다 챙길 수는 없는 노릇이었다. 오히려 목록을 정리한 후부터 내가 집중해야 할 사람들이 심플하게 정리되었고, 좁지만 비교적 단단한 사람들과의 관계 속에서 더 깊은 안정감을 느꼈다.

진화심리학자 로빈 던바의 가설에 따르면 한 사람이 맺을 수 있는 관계의 수는 150명 정도라고 한다. 지금 내 카카오톡 친구 목록에 150명이 있다면 충분히 가득 찬 인간관계를 맺으며 살아가고 있다는 뜻이다. 그 사람들만이라도 내가 할 수 있는 최선을 다해 챙기고, 가끔 인사를 나누며 서로의 안위를 걱정하고 살아갈 수 있다면 부족함 없는 인적 네트워크 자산을 가진 사람이라고 생각한다.

그래서 나는 정기적으로 점검해 본다. 지금 내 카카오톡 친구 목록에 있는 사람 중에 진짜 내 친구라고 느껴지는 사람들이 얼마나 되며, 그 사람들을 아끼는 만큼 잘 챙기고 있는지. 반면, 길을 가다 우연히 마주쳐도 인사를 나누지도 못할 만큼 멀어진 관계는 얼마나 되며, 그 사람들을 친구라는 이름으로 억지로 묶어두고 있는 건 아닌지. 버거울 땐 슬그머니 숨겨 두어도 나쁘지 않다. 생겨난 여유만큼 내 사람들에게 더 많은 마음을 쏟을 수 있으니까.

# '사람은
# 착해'라는

## 악순환

친구가 전화해 다른 친구와 다툰 이야기를 전했다. 내가 듣기에도 친구가 충분히 화날 만한 일이었고, 솔직히 말해 상대방은 내 친구를 조금도 배려하지 않는 사람인 것 같았다. 어쩜 그럴 수가 있니, 하며 한창 이야기를 나누다 전화를 끊을 때쯤 친구가 한 말이 나를 몹시 허무하게 만들었다.

"근데 걔, 애는 착해."

'사람은 참 착한데…'라는 생각으로 상대방의 무례함을 애써 모른 척하고 넘긴 적이 많다. 그러나 상대방을 '착한 사람'

이라는 틀에만 가두었던 내 생각의 악순환이 나를 얼마나 '안 쓰러운 사람'으로 만드는지 깨달은 후로는 "사람은 누구나 착해"라고 답한다.

착하지 않은 사람은 없다. 나쁘기만 한 사람도 없다. 가족에 겐 누구보다 따뜻한 사람이 회사에선 아랫사람에게 갑질을 하기도 하고, 매번 다정하기만 했던 연인이 신경이 예민해진 어느 날엔 말끝마다 시비조일 때도 있다. 사람은 누구나 양면의 모습을 갖고 있어서 중요한 건 '정도'와 '빈도'이다.

정도는 '선'이다. 사람 사이엔 선이 있다. 그 선을 자꾸 넘어오는데도 자신에게 잘해주었던 모습만 기억하며 참는 건, 신용 불량자가 씀씀이를 줄이지 않고 카드 돌려막기로 회피하는 것과 다르지 않은 악순환이다. 당장은 큰 분란이 없어 보이지만 사실 자기 자신에게 더 큰 해를 가하는 행동이기 때문이다. '그래도 착한 사람'이라는 생각으로 선을 느슨하게 내어주다 보면 어느새 그 경계는 사라지고 없다. 언제든 선을 넘어도 되는 사람이 되어버린다.

빈도는 '습관'이다. 사람은 저마다 다른 삶의 형태를 지닌다. 몇십 년 동안 살면서 가져온 습관을 하루아침에 바꿀 수는 없겠지만 상대방과 천천히 맞춰가는 노력이 필요하다.

최근에 결혼한 친구가, 아무 생각 없이 발로 서랍을 닫았는데 남편이 "나는 손으로 닫는데…"라고 말했다고 해서 놀랐다. 내가 손으로 만지는 물건을 누군가는 발로 만진다고 생각하니 불편하게 느껴질 수 있겠다 싶었다. 친구는 아마도 몇 번의 시행착오 끝에 손으로 서랍을 닫는 습관을 들일 것이다. 남편 또한 아내가 가진 여러 습관을 맞춰가기 위해 노력할 것이고. 그렇게, 100은 아니더라도 조금씩 늘려가는, 0은 아니더라도 조금씩 줄여가는 변화가 있어야 하지 않을까.

착한 사람의 정의를 내리자면, 정도와 빈도를 지키기 위해 노력할 줄 아는 사람이라고 말하고 싶다. 예전에는 '착함'이 눈에 보이지 않는 것이라고 생각했는데, 요즘에는 그 어떤 것보다 선명히 보이는 것 같다.

셀카를
많이 찍으면

좋은 점


한동안 셀카를 많이 찍었다. 나의 셀카 주기를 그래프로 그리면 유독 위로 치솟은 구간이 있다. 그 기간 동안 새로운 사실을 하나 알게 됐는데, 나는 턱에 손을 괴고 사진을 찍을 때 가장 잘 나온다는 사실이다. 사진을 찍을 때면 유독 긴장하는 탓에 표정이 딱딱하게 굳는 편인데, 턱에 손을 괴면 비교적 편안한 미소가 지어진다. 수백 번 혹은 수천 번 셔터를 누르고 나서야 나에게 가장 잘 어울리는 포즈를 찾았다.

초상화의 한 종류로, 화가가 스스로를 그린 '자화상'이라는 게 있는데, 자기 정체성에 대한 고민의 결과이자 자기에 대한 애정의 표현이라고 한다. 이는 어쩌면 우리가 셀카를 찍는 것과 비슷한 것 같다. 화가는 자신의 얼굴을 면밀히 그리기 위해, 셀카를 찍는 사람은 카메라 안에 자신을 잘 담기 위해 오래도록 들여다보니까 말이다. 자화상이든, 셀카든 자기 자신을 들여다보게 한다는 점에서 매우 비슷하다.

　우리는 살면서 얼마나 자신을 들여다보고 있을까. 최근 '나를 찾는 여행' '나를 찾는 글쓰기' 등 자기 자신을 찾고 싶은 욕구가 많아지고 있는 듯하다. 나 역시 여행이나 글쓰기를 통해 스스로를 많이 알아가고 있다. 혼자 여행을 가면 즉석 밥으로도 하루 세끼를 때울 수 있는 사람이라는 것, 매번 어떤 생각을 하고 있는지가 글에 구체적으로 드러나는 사람이라는 점을 여러 번 혼자 떠난 여행과 반복적인 글쓰기를 통해 알았다.

　또, 나는 20대 후반이 되어서야 나에게 어울리는 옷이 어떤 옷인지 알게 됐다. 일자바지보다는 부츠컷 바지가, 치마보다는 원피스가, 가죽 재킷보다는 트렌치코트가 잘 어울리는 편이다. 20대 초반까지만 해도 20만 원 남짓한 아르바이트비로 옷을 샀기 때문에 다양한 스타일의 옷을 사기가 쉽지 않았다. 다른 스타일에 도전했다가 실패하면 타격이 크니 매번 입었던 스타일만 고수했다. 그러다 20대 후반이 되어 안정적인 월급을 받고 다양한 스타일에 도전하면서 나에게 어울리는 스타일을 조금씩 알게 됐다. 아마 내 스타일을 알아내기까지 사고 버린 옷을 모으면 한 트럭도 넘을 것이다.

조금은 더딜지라도 이렇게 나를 알아간다. 거기엔 수많은 시행착오와 실패가 섞여 있다. 삭제된 수많은 사진들과 사놓고 한 번도 입지 않은 옷들이 없었다면 프로필로 걸 만한 인생 사진도, 중요한 자리에 입고 갈 인생 옷도 만나지 못했을 것이다. 나에게 꼭 맞는 무언가를 찾아가기까지 그만큼의 노력이 필요한 것이라 생각하면, 한두 번의 실패가 더 이상 쓰게 느껴지지 않는다. 나는 지금, 나를 알아갈 뿐이다.

운전은
큰 벽이었고

나는 그 벽을
무너뜨렸다

작년 이맘때쯤, 주변 사람들이 진절머리가 날 정도로 차를 살까 말까 고민이라고 노래를 부르고 다녔다. 사실 운전을 하고 싶었던 건 그보다 더 이른 재작년 정도부터였는데, 내가 차를 사겠다고 하자 주변 사람들 모두 만류했다. 딱히 운전할 일이 없는데 뭐하러 차를 주차장에 세워두냐는 것이었다. 겉으론 "아, 왜! 나도 차 살 거야!"라고 했지만 속으론 내심 차를 사기가 무서웠다.

그러나 한번 내지르면 언젠가는 기어이 그 일을 해버려야 직성이 풀리는 나는, 결국 그다음 해에 중고차 한 대를 구입했다. 혼자만의 오랜 고민 끝에 구입해서인지 차를 사서 기분이 좋다기보다는 식도와 배 중간쯤에 얹혔던 음식물이 쭈욱 소화된 것처럼 속이 후련했다. 다만 주변 사람들의 말은 조금도 틀리지 않았다. 차를 사고 1년이 지난 지금까지 내가 차를 몰고 다닌 날보다 주차장에 세워져 있었던 날이 훨씬 더 많았으니까 말이다.

그래서 차를 산 걸 후회하냐고? 절대 후회하지 않는다. 나에게 운전은 인터넷을 배우는 것과도 비슷했다. 어렸을 적 인터넷이 처음 생긴 시절에, 우리 언니는 집에서 컴퓨터 과외를 받았다. 엄마는 과외비가 아까웠는지 나보고 언니 뒤에 앉아서 같이 수업을 들으라고 했다. 아무리 어려도 눈치가 있는데, 내가 틈에 끼어서 같이 수업을 들으면 과외 선생님이 싫어할 것 같기도 했고, 뒤에서 주워듣는 정도로는 인터넷 세상을 이해하기가 어려웠다. 언니는 인터넷 세상으로 점점 빠져들어가 사람들과 채팅도 하고, 게임도 하는데 나는 인터넷을 할 줄을 모르니 늘 언니 뒤에서 곁눈질만 해야 했다. 인터넷을 할 줄 모르는 것은 서러운 일이었다.

사실 운전은 누구에게나 꼭 필요한 일이 아니다. 우리 엄마 아빠 세대는 최소한의 인터넷만 사용해도 삶을 살아가는 데 큰 불편함이 없는 것처럼, 굳이 할 필요가 없으면 하지 않아도 된다. 그런데 나는 늘 운전할 줄 아는 사람들이 막연히 부러웠고, 그들 옆에 가만히 앉아 있는 게 미안하고 쓸쓸했다. 운전을 할 줄 모르는 게 불편하다면 직접 운전을 해야 했다.

운전대를 잡은 지 1년이 지난 지금, 여전히 차를 산 것에 대해 조금도 후회하지 않는다. 내 옆자리 앉았던 대다수의 사람들(비운전자)은 운전하는 나를 보며 "나도 운전하고 싶다"라고 했다. '네가 하면 나도 할 수 있겠다'라는 용기가 드는 것이다. 그 말이 전혀 기분 나쁘게 들리지 않았다. 반대의 입장이었어도 나 역시 똑같은 생각을 했을 것이다. '당신이 할 수 있으면 나도 할 수 있지 않을까?'라고.

내게 운전은 무너지지 않을 것만 같았던 큰 벽이었다. 그래서 올해는 운전을 시작하면서 아무리 큰 벽도 내 마음가짐에 따라 얼마든지 무너뜨릴 수 있다는 사실을 배웠다. 살면서 어떤 벽에 부딪치더라도 그렇게 무너뜨리면 그만일 것. 하나를 무너뜨리면 도미노처럼 탄력을 받아 더 많은 것들을 무너뜨릴 힘을 갖게 되니까. 내년엔 또 무엇을 무너뜨려 볼지 즐거운 거인이 되어 상상의 나래를 펼쳐본다.

# 돈 주고도
## 못 사는

### 엽서

혼자 뚜벅이로 제주도 여행을 하던 시절, SNS를 통해 알게 된 금능해변 근처의 독립 서점에 가보고 싶었다. 칼바람을 맞으며 20분 넘게 버스를 기다리고, 또 20분 넘게 스마트폰 지도 앱을 붙든 채 골목길을 헤맸다. 그러면서 계획에도 없었던 금능리 마을 이곳저곳을 구경하다가, 겨우 서점 근처에 도착했다. 지도 앱은 분명히 '여기'라고 가리키고 있는데, 어디를 봐도 서점처럼 보이는 곳이 없었다. 바닥에 놓인 간판 하나가 여기가 그 서점이 맞다고 안내해 주지 않았더라면 서점이 없어진 줄 알고 숙소로 되돌아갔을 것이다.

그렇게 마주한 서점은, 다리를 쭉 찢어 크게 벌리면 옆 책장을 건드릴 만큼 아주 좁고 작은 공간이었다. 한 시간 넘게 걸려서 온 곳치고는 너무 작아서 사실 미닫이문을 열자마자 괜히 왔다고 생각했다. 그래도 고생한 게 아까워서라도 이 작고 작은 서점을 아낌없이 느끼고, 즐기고, 샅샅이 훑어보고 가겠다는 마음으로 서점을 둘러보기 시작했다. 좁은 공간 안에 서점 주인과 단둘이 있어 이색하긴 했지만, 작은 창문 하나로 늘어오는 빛이, 유독 예쁜 아늑한 공간이 나의 언 몸을 서서히 녹여주었다.

사고 싶은 책이 없었는지, 아니면 뚜벅이 여행자에겐 책 한 권도 부담스러웠는지, 나는 달랑 엽서 한 장을 사서 나섰는데, 손에 들린 엽서가 마치 이렇게 쓰인 훈장처럼 느껴졌다.

'이 사람은 쉽게 올 수 있는 길을 굳이 돌고 돌아서 힘들게 온 만큼, 본전은 뽑겠다는 마음으로 금능리와 서점 구석구석을 탐험하였으며 다음 여행에 또다시 방문하겠다는 애정을 남겨두고 가므로 이 엽서를 수여합니다'라고.

그리고 몇 년이 흐른 후, 나는 운전을 할 수 있게 되었고 렌터카를 빌려 다시 그 서점에 가보기로 했다. 분명 그때와 같은 숙소에서 출발했는데 한 시간이 걸려 도착했던 그 서점에 불과 7분이면 도착할 수 있었다. 서점 코앞에 있는 공영 주차장에 주차를 하고, 몇 발자국 걸어 서점으로 들어갔다. 그때와 마찬가지로 추운 날씨였지만 금방 차에서 내려 몸이 고단하지도 않았다. 서점은 몇 년 전과 그대로, 아주 작고 귀여웠으며 나는 서점까지 가는 데 걸린 시간보다 더 짧은 시간을 그곳에 머물다 나왔다.

서점을 찾기 위해 금능의 작은 마을을 헤집고 다니면서 마주한 풍경들을 나는 또다시 마주할 수 있을까. 마을에 워낙 사람이 없어서 강아지라도 한 마리 지나가면 그렇게 반가울 수가 없었고, 남의 집에 널린 옷가지들을 보며 저 집에 몇 명의 가족이 사는지를 괜히 유추해 보기도 하는 일들은 뚜벅이 여행자만이 할 수 있는 특권이었다. 자동차의 엉뜨(엉덩이를 뜨겁게 해주는 열선 시트)와 내비게이션의 맛을 알아버린 이상, 이제 몇 년 전처럼 칼바람을 헤치며 길을 헤맬 자신이 없어서, 나는 종종 그 특권이 그립다.

예전처럼
다시

사랑받을 수
있을까요?

요즘 유튜브에서 핫한 채널 중 하나인 〈odg〉에 가수 이수영
과 초등학생 아이들이 이야기를 나누는 콘텐츠가 올라왔다.
1999년에 데뷔한 이수영 씨의 '라라라' '휠릴리' 'I believe'와
같은 곡은 반항심이 가득했던 내 중학교 시절의 불안감을 안
아주었고, 각종 음악상을 휩쓸었을 만큼 유명했지만 그때에
태어나지도 않았던 요즘 아이들이 이 노래들을 알 리가 없다.
아이들에게 자신의 곡을 들려준 뒤, 이수영은 마치 친구에게
고민 상담을 하듯 고민을 털어놓았다.

"11년 동안 신곡을 내지 못했어요. 저, 다시 예전처럼 사람

들에게 사랑받을 수 있을까요?"

　나이에 대해서 이야기하고 싶지 않지만, 내 황금기는 스물여덟이었다. 내 스물여덟은 생기가 넘쳤다. 피부는 복숭아빛이었고, 모공이 뭔지도 몰랐다. 힘은 또 어찌나 좋은지 의자를 두 개, 세 개씩 한꺼번에 옮길 수도 있었다. 하지만 그런 외적인 것을 떠나 생각해 봐도 스물여덟은 분명, 내 인생의 황금기였음이 분명하다. 무언가를 하기에 앞서 별 걱정 없이 선택하고 결단 내릴 수 있었던 시기였기 때문이다.

　신인. 연예인으로 치자면 그때의 나는 신인이었다. 회사 생활도 신인, 인간관계도 신인, 아무것도 모르지만 누군가 내 이름을 부르면 "네!" 하고 언제든지 달려갈 준비가 되어 있었다. 그 부름에는 가끔 나를 이용하려는 의도도 있었고 내게 상처를 주는 상황들도 있었지만, 무엇이든 나는 경험하고 싶었고 그래서 늘 몸이 먼저 움직이고 있었다. 설사 일이 잘못되어도 어차피 잃을 게 없어서 겁도 없었다. '될 대로 되라지'라는 마음이었다. 지나고 보니 그때의 내 초심은 겸손함이라기보다는 거만함이었다. 그러다 큰일이라도 났으면, 몸이라도 상했으면 얘기는 또 달라졌을지 모르지만.

　그럼에도 그렇게 하다 보니 생각지 못한 기회들을 많이 만나기도 했다. 생각지 못한 좋은 결과를 만들어 내는 순간도 자주 찾아왔다.

가수 이수영의 질문에 한 아이는 이렇게 대답했다.

"요즘 아이들은 그런 곡을 들어본 적이 없어서 신곡을 내면 신인이 나왔다고 생각할 거예요. 옛날에 그렇게 잘하셨으니까 지금도 똑같은 마음으로 하면 다시 대빵이 되실 수 있을 거예요!"

21년 전, 이수영이 데뷔를 할 때에도 사람들이 나를 사랑해 주지 않으면 어쩌나 걱정했을 것이다. 그렇다고 데뷔를 망설였을까? 사람들이 사랑해 줄지, 안 사랑해 줄지는 데뷔를 해봐야만 안다. 그때 이수영이 할 수 있었던 일은, 자신의 데뷔곡이 더 많은 사람들에게 사랑받을 수 있도록 최선을 다해 노래 부르는 것뿐이었을 것이다. 덕분에 그녀는 톱 가수가 되었고.

요즘 나는 어떤 일을 앞두고 해도 될까, 안 될까 고민이 되면 '스물여덟의 나였다면 어떻게 했을까'를 생각한다. 내가 가장 좋아했던 시절의 나를 잊지 않고, 최고의 기량을 발휘하던 그때의 감을 자주 떠올림으로써 지난 황금기를 계속해서 되돌리는 것이다. 황금기를 영원히 지속하는 나만의 방법. 그렇기에 나의 또 다른 황금기는 아직 오지 않았다.

다음에 또

같이
일하고 싶은 사람


'빈센트'라는 사람이 있다. 『쓸모인류』의 공동 저자이자 〈SBS
스페셜〉에 출연했던 그는 67살의 남자이고, 직장 생활과 개인
사업을 모두 경험했다. 몇 년 전 은퇴를 하고 현재는 서울 가
회동 한옥에서 살고 있다. 그곳에서 매일 아침 아내를 위한 브
런치를 만들고, 직접 가구를 만들고, 집안을 정리 정돈한다. 나
아가 종종 만나는 아내 친구들과 이런저런 이야기를 함께 나
누기도 한다. 그렇게 자신의 쓸모를 끊임없이 찾아가고 있다.

그게 무슨 쓸모냐고 한다면, 요리를 하는 건 누군가의 연료
를 만드는 일이다. 집을 정리하는 건 누군가 "이따 치울게" 하
고 미루는 동안 공간을 재창조하는 일이다. 또 집을 고칠 줄

안다는 건 전문가를 부르기엔 애매한 소소한 고장을 직접 뚝
딱뚝딱 돈을 들이지 않고 수리한다는 것을 의미한다. 나아가
아내 친구들에게 호감을 주는 사람은 새로운 친구를 만들고
자연스럽게 사람들 사이에 섞일 줄 안다는 점에서 꾸준히 쓰
이는 사람이 된다.

그는 특히 물건을 사거나 고칠 때 엄격하고 꼼꼼하다. 몇 번
쓰다 버리자는 마음으로 사거나 고친 물건은 오래 쓰이지 못
한다는 것을 알기 때문이다. 그래서 철물점에 가서도 '굳이 그
렇게까지?'라는 생각이 들 정도로 깐깐하게 요청한다. 철물
점 주인은 짜증이 날 법한데도 빈센트를 이해한다. 빈센트는
재료가 가진 물성에 대해 너무나 잘 알아 물건을 다루는 사람
에 대해 예의를 갖추는 사람이기 때문이다. 그러니 수긍할 수
밖에.


몇 번 쓰다 버리자는 마음으로 사거나 고친 물건은 오래 쓰
이지 못한다. 요즘은 과거에 비해 소비자가 선택할 수 있는 물
건의 가격 범위가 넓어졌고, 싸면서 품질까지 좋은 물건도 많
아졌다. 그러면서 오히려 물건에 대한 애정은 얕아진 것 같다.

몇 년 전, 화장대를 한 번도 가져본 적이 없는 게 아쉬워 남
들 따라 급한 마음으로 인터넷 최저가의 화장대를 샀었다. 그

이후로 몇 년이 흘렀지만, 단 한 번도 화장대 앞에 앉아본 적이 없다. 그 위에 화장품만 수북이 쌓아놓았을 뿐, 화장품을 놓을 곳만 있다면 당장 버리고 싶은 마음이 굴뚝이다.

화장대를 사기 전에 먼저 나의 습관을 꼼꼼하게 생각해 보았다면 어땠을까? 평생 앉아서 화장을 해본 적이 없는 나는 앉아서 하는 화장하는 일이 익숙지 않다. 일단 화장대가 생기면, 앉아서 화장을 할 줄 알았는데 평소의 나는 그렇지 않았던 것이다. 또, 작은 내 방에 놓기엔 몸집이 너무 큰 가구였던 것도 한몫한다. 그만큼의 공간을 내어주기엔 나는 메이크업을 좋아하는 사람이지, 그 과정을 좋아하는 사람이 아니었다. 이 모든 걸 미리 생각해 보았더라면, 나와 어울리지 않는 거추장스러운 화장대를 들이지 않았을 것이다.


사람을 물건에 비교하는 게 거북하게 들릴지도 모르겠지만, 오래도록 쓸모가 있는 물건을 만든다는 건 오래도록 쓸모 있는 사람이 되는 것과 크게 달라 보이지 않는다. 인간의 유용함을 꾸준히 지속하기 위해서도 일단 처음이 중요하다. 첫인상이 좋은 사람과 두 번, 세 번, 인연을 계속 이어가고 싶어지는 것처럼 처음 함께한 일이 마음에 들면 그 사람에게 또 일을 맡기고 싶어진다.

나는 디지털 콘텐츠 플랫폼에 기고를 하기도 하고, 가끔 글쓰기 강의를 나가기도 한다. 누군가 내게 기회를 준다는 게 감사하기도 하고, 나를 선택한 것을 손톱만큼도 후회하지 않게 하려고 할 수 있는 최대한의 노력을 기울인다. 그러다 처음에 제안과는 달리 이야기하지 않았던 추가적인 업무가 생길 때도 있는데, 번거롭지만 크게 어려운 일이 아니라면 모두 오케이를 한다. 상대방도 처음이니까 놓치는 부분이 생길 수 있는 것이고, 나도 처음이니까 더 정성을 기울여야만 한다는 생각으로. 그렇게 처음을 잘 마무리하고 나면, 생각지 못한 두 번째 기회가 오기도 한다. 나의 쓸모가 이어진다.

뭐든 처음이 어려운 이유는, 다음의 쓸모를 결정하기 때문이다. 이쯤 되면 처음을 망칠까 봐 무서워질 수도 있는데, 솟아날 구멍은 있는 법. 꼬인 인생을 정리하기 위해서는 일상의 소소한 것들을 정리하는 훈련이 필요하다는 빈센트의 말처럼, 누구나 성공적인 처음과 실패한 처음이 있기 마련이다. 괜찮은 인생을 만드는 사람은, 처음의 중요성을 알고 실패한 처음을 끊임없이 정리해 나간다. 나는 그렇게, 다음에 또 같이 일하고 싶은 쓸모 있는 사람이 되고 싶다.

시급의
가치를

결정하는
사람

20대 초반에 경마 공원에서 매표 아르바이트를 한 적이 있다. 지금은 모두 기계로 대체되었지만 당시에는 좁은 방안에서 사람이 현금을 받고 입장권을 팔았다. 손님들은 대부분 오전 시간에 입장을 하기 때문에 오전에는 정신없이 표를 판매했고, 오후가 되면 비교적 한가해졌다. 한가해진 오후에는 동료와 두 명씩 한 팀을 이루어 딱 두 명 정도 들어갈 수 있는 크기의 다람쥐 통 같은 곳에 들어가 한 명은 입장하는 사람을, 한 명은 퇴장하는 사람의 수를 세었다. 손님들은 그런 우리가 희한한 듯 한참 동안 통 안을 쳐다보며 지나갔고, 심지어 "여기 안에서 뭐 하시는 거예요?"라고 집요하게 묻는 손님도 있었다.

한번 통 안에 들어가면 다음 팀과 교대하기 전까지 약 40분 동안 사람 수를 세어야 했는데, 그 길고도 지루한 시간을 버티려면 무언가 방법이 필요했다. 그때 내 방법은 동료와 시답잖은 농담을 하는 것이었다. 이미 나눌 이야기도 다 나누고, 농담도 할 만큼 다 했다면 성대모사 연습이라도 했다. 언젠가 MBC 〈거침없이 하이킥〉에서 연기한 나문희의 성대모사를 하면서 동료와 얼마나 배를 잡고 웃었는지 모른다.

"준하얌~."
"깔깔깔!! 또 해봐요 또."

내 피에 개그맨 끼가 흐르는 건지 몰라도 동료의 배꼽을 빠뜨리고 다람쥐 통에서 나오면, 개그맨 시험에 합격하기라도 한 듯 기분이 좋았다.

20대를 되돌아보면 반절은 아르바이트하는 내 모습이 기억될 정도로 아르바이트를 참 많이 했다. 화장실에 갈 새도 없이 바쁘게 일할 때도 있었지만, 하루 종일 편의점 계산대 앞에 서서 겨우 열 명 정도의 손님을 맞이한 적도 있었다. 편의점에서 흘러나오는 라디오를 들으며 퇴근 시간을 목이 빠져라 기다렸지만 시간은 내 목이 빠지는 데는 별로 관심이 없었다. 그러면 어쩔 수 없이 판매대 위 음료수 캔을 한 번 더 매만지기도 하고, 잔돈이 맞는지 다시 세어보기도 하고, 한 명의 손님이라도 최대한 친절하게 맞이하면서 내게 주어진 시간을 나름의 방법으로 채워나갔다. 그러면서 시급으로 계산되는 나의 시간을 어떻게 채울지 결정하는 건 오로지 내 몫이라는 걸 배웠다.

최근 한 CCTV 회사에서 기발한 광고를 제작해 유튜브에서 엄청난 조회수를 기록하고 있다. 한 여자 아르바이트생이 카페에서 음악을 크게 틀어놓고 청소를 하다가 필(Feel)이 꽂혔는지 남자 손님이 들어온 줄도 모른 채 격렬하게 춤을 춘다. 춤을 추던 아르바이트생이 남자 손님을 발견하고 민망한 듯 인사를 하면, 남자 손님은 얼떨떨한 표정으로 박수를 친다. 이 광고는 어떻게 이토록 많은 사람들을 열광하게 만들었을까? '이놈의 지겨운 일은 언제 끝나려나' 한숨을 푹푹 쉬며 퇴근 시간만 기다리는 게 아니라, 주어진 근무 시간을 최대한 자신이 즐길 수 있는 방식으로 채우는 아르바이트생의 모습이 멋지고 귀여워 보여서가 아닐까.

한 시간에 4,000원. 그게 내 첫 시급이었다. 작은 공간을 여덟 시간 동안 지키고 있으면 하루에 32,000원을 벌었다. 아무리 일을 뛰어나게 잘해도 받을 수 있는 액수가 변하지 않는다면, 내가 할 수 있는 일은 내게 주어진 시간을 최대한 즐겁게 채우는 것이다. 그때 누군가는 내 시간을 4,000원으로 책정했지만, 나는 내 시간을 4,000원짜리라고 생각해 본 적이 없다.

10여 년 전, 작은 다람쥐 통 안에서 동료와 함께 성대모사 하나로 배를 잡고 웃던 그 시간을 나는 결코 시급으로 환산할 수가 없다.

# 두 가지
# 맛을

## 혼합한
## 아이스크림처럼

회사에서는 마케터로, 회사 밖에서는 작가로 불리며 산 지 2년 반 정도가 흘렀다. 사실 한 권의 책을 출간하고부터 회사에서 만난 사람들도, 회사 밖에서 만난 사람들도 거의 다 나를 '작가'라고 불렀다. 두 가지 직업을 갖고 살다 보니 나를 소개해야 하는 자리가 있으면 어떤 직업을 말해야 할지 잠시 고민이 될 때가 있다. 회사에서 외부 미팅을 가면 내 동료들은 "수진 님은 작가이기도 하세요"라며 나를 치켜세워 주기도 했지만 회사 직원의 신분으로 만난 자리에서 나를 당당하게 작가라고 소개하기가 어색했다.

"작가이자 마케터입니다"라는 소개 멘트는 어쩌면 나라는 사람을 대변하는 말일 수도 있다. 나는 원래 한 분야를 깊게 파는 사람이 아니다. 빨래를 개키다가 양말 하나를 남겨놓고, 설거지를 하러 가서는 설거지를 끝마쳐 놓고 아까 남겨놓은 양말을 개키는 사람이다. 표면적으로 보면 여러 개의 일을 동시에 정신없이 하는 것처럼 보이지만, 내가 하는 일들은 한 카테고리 안에 묶여 있는 세트 같은 것이다. 크게 보면 작가이자 마케터로서 '사람들에게 읽히는 무언가'를 만들고, 또 '집안일'을 하고 있는 것이다.

나는 한때 출판사를 다니다가 IT 회사로 이직을 했는데, 약 7년간의 회사 생활을 하지 않았더라면 작가도 되지 못했을 거라고 생각한다. 출판사에서 책을 편집하고 작게나마 글을 써본 경험, IT 스타트업의 '일단 부딪쳐 보는' 방식과 빠르게 성장하는 움직임이 합쳐져 지금의 내가 만들어졌다고 생각한다.

가끔은 이런 내가 어디 한곳에 정착하지 못하고 방황하는 사람이면 어쩌나 걱정이 됐다. 면접을 보러 가면 대부분의 면접관이 긴장을 풀어주려 내 출간 경력에 대해 물어보곤 했는데, 면접에서 탈락하고 나면 혹시 그것 때문이었나 싶기도 했다. '이 사람은 회사 일에 집중하지 못하고 글 쓰는 데에만 정신이 팔려 있을 거야'라고 이야기된 것은 아닐까, 혼자 지레 짐작하며 걱정했다. 그래도 출간 경력은 지우지 않았다. 설사 그것 때문에 탈락이 되었더라도, 분명히 나의 정체성과 잘 맞는 회사가 있을 거고, 나 역시 그런 회사가 아니라면 굳이 들어가고 싶지 않았다. 이런 내 생각처럼, 회사 밖에서 글을 쓰기 때문에 회사 안에서 더 좋은 카피를, 기획서를, 보고서를 써낼 거라고 기대해 주는 회사는 있었다.

시와 동시, 두 장르를 모두 아우르는 시인 김개미도 그런 자신에 대해 재능이 많아서가 아니라 한 가지 장르를 꾸준히 할 수 있는 인내심이 없고 싫증을 잘 내서라고 설명한다. 하지만 그녀가 쓴 시와 동시를 보면 시와 동시를 한 번에 읽는 듯한 오묘하고 독특한 느낌이 든다. 시를 읽는 이가 보기엔 분명히 재능이다. 시를 쓰겠다고 마음먹고 시를 쓰는 게 아니고, 동시를 쓰겠다고 마음먹고 동시를 쓰는 것도 아니다. 시를 쓰겠다고 앉았는데 동시가 튀어나오기도 하고 동시를 쓰겠다고 앉았는데 시가 튀어나오기도 한다. 무를 썰겠다고 칼을 꺼내 들었다고 해서 꼭 무만 썰라는 법이 있는가. 하나의 칼로 무도 썰고 파도 썰 수 있다면 분명 행운이다.

아마 나는 나이를 먹어도 한 가지에 정착하지 못하고 끊임없이 새로운 것을 찾아 이중적인 생활을 할 것이다. 가짓수가 너무 많아지는 것은 원치 않지만, 같은 카테고리 안에서 서로 시너지를 내게 만들면 나만이 가진 단단한 무기가 될 거라고 확신한다.

서른한 가지 맛이 있는 아이스크림 집에 '초코나무숲'이라 는 이름을 가진 아이스크림이 있다. 내가 가장 좋아하는 녹차 맛과 초코맛 아이스크림을 섞어놓은 맛인데, 좋아하는 것과 좋아하는 것을 합친 이 맛이 환상의 궁합이 아닐 수 없다. 이 두 가지 맛을 혼합한 아이스크림처럼, 나는 좋아하는 일들을 병행하면서 나만의 정체성을 만들어 나가고 싶다.

비가 오나,
눈이 오나,

산

가수 이효리는 자신이 힘들 때 의지할 수 있는 세 가지로, 요
가와 차(tea), 그리고 남편인 이상순을 꼽았다. 막 서른이 되고
이 말을 들었을 때엔 세 개는 너무 적지 않나 싶었는데, 서른
중반이 되고 보니, 세 개가 있다면 참으로 행복한 사람이겠다
는 생각이 들었다.

　평범한 일상을 살 때는 잘 모른다. 내가 어디에 기대야 하는
지, 그리고 꼭 그런 게 필요하기나 한 건지. 그러나 누구나 그
렇듯 힘든 일은 예고 없이 찾아오고, 혼자 서 있을 수도 없을
만큼 지치는 순간들을 맞닥뜨리게 된다. 지하철에서 옆자리에

앉은 이가 꾸벅꾸벅 졸다가 잠깐 내 어깨에 머리를 떨구었을 때, 사정없이 툭 머리를 튕겨내 버리지 못하는 것은 아마도 나 역시 잠깐이나마 그렇게라도 의지하고 싶은 순간이 있었기 때문일 것이다.

그렇다면 나의 세 가지는 무엇일까, 곰곰이 생각해 보니 글쓰기와 등산, 그리고 나의 사람들이다. 이 중에서도 글쓰기와 사람은 조금 애매하다. 머리가 복잡하거나 힘들 때 글로 풀어 쓰며 위로를 받기도 하지만, 글을 써서 돈을 받기도 하는 입장이다 보니 글을 잘 써야 한다는 부담감이 늘 존재하니까. 분명 글은 내 인생에서 빠질 수 없는 것이지만, 그만큼 나를 스트레스받게 하는 것이기도 해서 온전히 의지할 수 있다고 말하기는 어렵다.

사람도 마찬가지이다. 거의 내 평생을 함께한 사람들은 힘들 때 같이 울고, 웃을 수 있는 존재이지만, 내가 필요하다고 해서 밤이고 아침이고 언제나 함께할 수 있는 건 아니니까. 또한 서로 삶의 방향이 달라지면서 공감할 수 있는 부분이 점점 적어지고, 예전만큼 모든 것을 털어놓고 의지하기도 어렵다. 그렇다면 남은 것은 등산 하나.

고등학생 때 산이 코앞인 아파트로 이사를 오게 됐는데, 원래 있던 동네 친구들과도 멀어지고, 걸어서 갈 수 있던 학교도 버스를 타고 가야 하는 온갖 불편함이 생겼지만 딱 하나, 산이 가깝다는 점이 좋았다.

열여덟 살 때부터 서른 중반이 된 지금까지, 나는 거의 매주 주말마다 산에 올랐다. 산은 아무리 많이 올라도 돈이 들지 않았고, 동네와 가까워서 혼자 다녀도 무섭지 않았고, 뒷동산에 가까운 완만한 높이라 체력이 약한 나에게 부담이 되지도 않았다. 취업 준비생 시절에는 평일, 주말 할 것 없이 산에 올랐으니 16년 동안 우리 아파트에서 가장 많이 등산한 사람을 꼽는다면 내가 탑5 안에는 들 것이다.

겨울 한파가 닥친 날에도, 폭염주의보가 내린 날에도 올랐다. 의외로 산속으로 들어가면 높은 나무들이 바람을 막아 덜 춥고, 여름에는 나무 그늘 아래 시원한 바람이 불어 덜 덥다. 그렇게 봄, 여름, 가을, 겨울 동안 산을 걷고, 오르고, 내려오면서 계절의 변화를 가깝게 느꼈다.

내가 산에서 가장 좋아하는 계절은 겨울. 봄의 파릇파릇함과 여름의 우렁참과 가을의 울긋불긋함은 없지만 등산객이 가장 적은 때이기 때문이다. 한 시간 동안 마주친 사람이 겨우 세네 명 정도인 작은 산에서, 내가 유일하게 태울 수 있는 것인 많은 생각을 태워버렸다. 산에 가는 일은, 아무도 없는 세상으로 나를 쏙 꺼내주는 일 같았다.

잘할 필요도 없고, 언제든 내가 원할 때 찾을 수 있는 것. 살면서 그런 것이 하나도 없다면 얼마나 힘이 들까. 가끔 SNS에 내 동년배인 사람들이 '생각 없이 할 수 있는 활동 없을까요?'라며 조언을 구하는 글을 올린다. 현실에서 너무 많은 일을 하고, 너무 많은 책임을 지고 살아가는 우리들에게, 나는 산책도 좋지만 등산을 권한다. 산을 오를 땐 적당한 긴장감이 생기고, 산에서 내려올 땐 적당한 자신감이 생긴다. 무엇보다 산책할 때 보이는 온갖 간판 조명과 완전히 동떨어질 수 있다는 점이 최고다. 아침도 좋고, 어스름하게 해가 지는 저녁도 좋다. 유튜브에서 들려주는 ASMR 말고, 실제로 새가 지저귀는 소리가 산에 있다.

나는 누구에게나 의지할 것이 최소한 세 가지가 있었으면 좋겠다. 글이 잘 써지지 않아 답답한 날에는, 사람을 만나기 싫은 날에는, 그저 묵묵히 산에 오르기만 하면 되는 것처럼, 돌려 쓸 수 있는 세 장의 카드로 의지할 곳이 필요할 땐 언제 어디서나 의지할 수 있으면 좋겠다.

어제는 이유 모를 답답함을 안고 산에 올랐다가 청설모 한 마리와 눈이 마주쳤다. 걔도 깜짝 놀라고, 나도 깜짝 놀랐다. 당황한 청설모의 표정을 본 적이 있는가. 마치 만화 속 캐릭터처럼 익살스러운 표정을 짓는다. 바보같이 휴대폰 카메라를 들이미는 바람에 녀석이 후다닥 도망쳐버렸지만, 나는 또 그렇게 산에서 작은 행복을 얻어 온다.

힘을
쓰는
일

그런 날도

있다

4

서른둘,

작업실을
구했습니다

올해 나의 버킷리스트 중엔 3년 묵은 골칫덩어리 항목이 하나
있었는데, 바로 '작업실 구하기'였다. 남들이 흔히 말하는 '자
취방'과 다를 바 없지만 평생 집을 떠나본 적이 없는 나에게
자취방이라는 말은 너무 거대하고 무서운 단어라 '작업실'이
라고 부르기로 했다.

서른두 살이 될 동안 집을 떠나본 최장 기간이 고작 일주일
이었다. 유럽 여행을 갔던 때를 제외하고는 여행을 가더라도
3박 4일을 넘지 않았기 때문이다. 워킹 홀리데이 혹은 어학연
수, 아니면 농활이나 국토 대장정을 떠나본 적도 없었으므로
나의 귀소 본능은 그 누구보다 강력할지도 모르겠다. 집을 너

무나 좋아해서 집을 떠나지 않은 것이라면 말이 좀 되는데 나는 집을 그다지 좋아하지도 않았다. 집을 떠나보고는 싶은데, 집을 떠나기가 귀찮았다고 하면 말이 되려나.

서른이 넘어가자 친구들은 하나둘씩 결혼 아니면 자취를 하면서 집을 떠나기 시작했다. 결혼한 친구 중 한 녀석은 만약 결혼을 하지 않았더라면 자취라도 했을 거라고 말했다. 즉, 어떻게든 집은 떠났을 거라는 말이다. 식구들과 복작거리며 사는 것도 좋지만, 가끔은 집에서 누구에게도 방해받지 않는 시간이 필요했고, 형제들과 네 방이네, 내 방이네 하고 싸울 일도 없는 완벽한 개인 공간이 필요하다는 이유에서다. 그러기 위해 선택할 수 있는 가장 사회적이면서도 일반적인 선택지로 결혼과 자취가 있는 듯하다.

물론 그 두 가지 선택지는 아직 내게 어울려 보이지 않았지만, 나만의 공간이 필요하다는 사실은 명확했다. 나에게는 '글을 쓰는 사람'이라는 그럴싸한 핑곗거리도 있었으므로 자취방 대신 '작업실'이라고 이름 짓기로 하고 언젠가 꼭 나만의 작업실을 만들겠노라 노래를 부르고 다녔다. 그렇게 3년 동안 노래만 부르고 다닌 가장 큰 이유는, 1년 치 월세값 때문이었다. 대략 1년에 1,000만 원을 쓴다고 가정해 봤을 때, 과연 그 1,000만 원을 쓸 가치가 있는지 묻고 또 묻는 과정이 필요했다.

　생각해 보면 매달 빠짐없이 적금을 부어왔지만 단 한 번도 내가 돈을 모으는 것에 대해 행복한 적이 없었다. 1년 동안 적금을 부어서 1,000만 원을 만들었어도 숫자 1과 0의 조합일 뿐, 그것은 내게 큰 의미가 없었다. 돈을 모으는 목적이나 모은 돈으로 어떤 꿈을 이루고 싶은지에 대한 생각도, 계획도 없었기 때문이다. 지금도 돈을 모으는 목적 따위는 없지만, 지금까지 모은 돈 중 일부를 나만의 공간을 만드는 데 쓴다면 그게 행복이지 않을까 싶었다. 고민 끝에 나는 부동산으로 가 계약서에 사인을 했다.

　부동산에서 집주인과 인사를 나누고 계약금을 송금하려는데, 그렇게 큰 금액을 한꺼번에 송금해 본 적이 없어서 두 번에 나누어 송금을 했다. 그리고 후회의 감정인지, 설렘의 감정인지 모를 두근거림에 며칠 밤잠을 설쳤다. 어찌 됐건 계약금을 송금했으니 글도 쓰고 잠도 잘 수 있는 작업실이 생겼다.

　궁금했다. 혼자가 익숙해진 나는 어떤 사람일지. 혼잣말을 할까? 바지를 입지 않고 막 돌아다닐까? 혼자 있어도 아침에 일찍 일어날까? 더 많은 글을 쓰게 될까?

20대에 종종 혼자 여행을 다닌 이유도 혼자 있는 나를 만나기 위해서였다. 혼자 떠난 여행에서 혼자 있는 내가 어떤 사람인지 얼추 느껴보기도 했지만 늘 못내 아쉬운 마음으로 집으로 돌아와야 했다. 이제는 체크인, 체크아웃 시간에 맞출 필요 없이 온전히 나에게 맞출 수 있는 공간이 생겼다. 서른둘, 결혼도 자취도 아닌 작업실이라는 이름의 집이 생겼다.

# 내가

## 그 분식집에
## 안 가는 이유

작업실이 있는 오피스텔 1층에 작은 분식집이 하나 있다. 멀리 나가서 사 먹기 귀찮을 땐 종종 그곳에서 김밥을 사 먹곤 했는데, 작업실에서 일을 하던 그날도 배가 고파 김밥을 사러 내려갔다. 그런데 분식집 문을 열고 들어서자마자 분식집 아주머니가 전화기에 대고 고래고래 소리를 지르고 있는 게 아닌가.

"아이 씨X, 짜증나. 번호를 몇 번이나 확인해. 말했잖아 방금!"

아주머니가 전화를 끊기만을 기다리면서 본의 아니게 통화 내용을 들은 바로는, 카드사에서 결제가 됐다는 문자가 왔는데 아주머니는 결제를 한 일이 없다는 것. 스피커 폰 너머 상담사의 목소리는 육두문자를 섞어가며 소리 지르는 아주머니에게, 자신도 육두문자를 날리고 싶은 마음을 꾹꾹 눌러 담은 것 같았다. 그녀는 최대한 감정을 뺀 로봇처럼 응대했고 분식집 아주머니는 그런 상담사의 태도에 더 화를 내는 것 같았다. 손님이 와 있는 것을 뻔히 알면서도 전화기에 대고 소리만 지르고 있는 아주머니를 더 이상 기다릴 수 없었다. 결국 더 멀리 있는 분식집으로 향했다.

꼭 그렇게 욕을 해야만 했을까. 꼭 그렇게 소리를 질러야만 했을까. 물론 나도 전화 상담원과 통화를 하다 보면 욱 하고 올라올 때가 가끔 있다. 내가 "여보세요"라고 하기도 전에 본인이 해야 할 말만 쏟아낼 때, 중요한 연락인 줄 알고 받았는데, 어디에서 내 번호가 팔렸는지 알 수 없는 광고성 전화일 때. 설령 내가 중간에 말을 끊기라도 할까 봐 속사포로 말을 쏟아낼 때는 내 귀에 대고 폭력을 쓰고 있다는 느낌도 든다. 보통은 "죄송하지만 업무 중이라 끊겠습니다"라고 말하고 끊지만 아무 말없이 전화를 끊을 때도 있다. 아무리 생각해 봐도 욕을 할 필요는 없다.

　나는 우리 사회가 상식이 통하는 사회였으면 좋겠다. 살면서 누구나 작은 실수를 하고 살아가지만, 평생 그 어떤 것으로도 빚을 갚지 못할 범죄가 하루가 멀다 하고 발생하는 사회라든지, 얼굴이 보이지 않는다고 해서 이름도 모르는 콜센터 직원에게 욕을 하는 사람은 상식이 통하지 않는다. 만약 그 범죄를 운이 나쁘게 우리 가족이 당했다면, 우리 가족 중에 콜센터에서 일을 하는 사람이 있다면 그럴 수 있을까. 당연한 것이 당연하기가 왜 이리도 어려울까.

　그 후로, 나는 그 분식집에 발길을 끊었다. 아주 춥고 귀찮은 날일지라도 그저 가깝다는 이유로 그 분식집에 가지 않는다. 문득 내가 김밥 한 줄을 포장해 달라고 했을 때, 현금이 아니면 안 판다고 했던 아주머니가 떠오른다. 안 그래도 현금을 내밀려던 차에, 기분이 팍 상했던 기억이 있다.

　"저도 이제 안 가요."

나를
슬프게 하는

점심
메뉴

순대국밥을 못 먹는다. 회사 동료들을 따라 얼떨결에 순대전
골을 먹다가 심하게 탈이 난 이후로 정말 못 먹게 되었지만,
그전에는 사실 못 먹는 수준까지는 아니었다. 입으로 넣으면
먹을 수야 있었지만, 선호하지는 않았다. 그런데 첫 회사에서
만난 팀장님이 순대국밥을 너무나 사랑했다. 일주일에 두세
번은 점심 메뉴로 순대국밥을 찾았을 정도로. 그때마다 나는
순대국밥을 별로 좋아하지 않는다고 나름 소심하게 어필했지
만, "한번 먹어봐. 먹어보면 생각이 달라질걸?" 하는 팀장님과
함께 순대국밥 집으로 향해야 했다.

　온갖 내장들을 걸러 내고 거의 맨밥을 먹다시피 점심을 먹

으면서 씁쓸한 마음이 들었다. 먹기 싫은 메뉴를 억지로 먹어서이기도 했지만, 남이 선택한 것을 강요당하며 억지로 배를 채우는 상황이 묘하게 자존심 상했다. 그 회사를 퇴사하고 들어간 두 번째 회사에서는 보통 동료들과 도시락을 싸 와서 점심을 먹곤 했는데, 매일 점심 메뉴를 고민하거나 누군가의 입맛에 맞출 필요가 없다는 것이 그토록 행복할 수 없었다.

물론 가끔은 함께 밥을 먹는 동료들의 입맛에 따라 '나 한 번, 너 한 번'과 같은 방식으로 점심 메뉴를 맞추기도 한다. 어제는 네가 뜨거운 국물이 먹고 싶었으니 김치찌개를 먹고, 오늘은 내가 고기를 먹고 싶으니 돈까스를 먹으러 가는 것이다. 이와 달리, 내가 싫은 것을 억지로 강요당하고, 내 선택이 묵인되는 경험이 지속되면 우리는 자존감에 위협을 받는다. 매일 먹는 점심과 같이 아주 사소한 문제에 있어서도 말이다.

얼마 전, KBS Joy 〈무엇이든 물어보살〉에 점심 메뉴 때문에 퇴사했다는 사람이 출연했다. 다른 것도 아니고, 점심 메뉴 때문에 퇴사를 했다는 예고편만 봤을 때에는 나 역시 그게 퇴사할 만한 이유인가? 하고 고개를 갸웃했지만, 그녀의 이야기를 상세하게 들어보면 가히 퇴사하고도 남을 만한 일이었다.

그녀는 점심시간이 1시인데, 12시부터 상사에게 점심 메뉴를 물어보러 다녀야 했고, 가까운 시일 내에 먹었던 메뉴와 중복이 없도록 일정표까지 짜야 했다. 게다가 본인의 카드로 한꺼번에 계산을 한 뒤, 각자에게 따로 점심값을 받아야 해서 누락되는 금액까지 발생했던 것. 내 돈으로 계산하고 "김대리님, 어제 점심값 안 보내주셨는데…" 하며 수금까지 해야 한다니!

단지 열심히 일하고 싶어서 들어간 회사인데. 퇴근하고 나서도 내일 먹을 점심 메뉴를 고민하고 있는 자신의 모습에 그녀는 여러 감정이 교차했을 것이다. 집에 가는 지하철에서 40분 동안 울었다던 그녀가 결국 퇴사를 결심했다는 말에, 무척 다행이라고 생각했다. 물론 취업이 하늘의 별 따기인 요즘(언제는 안 어려웠냐만), 어렵게 들어간 회사라는 끈을 놓기까지 수없이 많은 고민을 했을 것이다. 그럼에도 정말 아닌 것에 대해서는 끊을 줄 아는 용기와 결단력으로 자신의 행복을 찾고자 노력한 이 청춘에게, 격렬한 박수를 쳐주고 싶었다.


"저는 순대국밥이 입맛에 안 맞더라고요. 따로 점심 먹고 오겠습니다"라고 말할 줄 몰랐던 신입 시절. 먹고 싶지 않은 음식을 억지로 먹을 필요가 없다는 것을 알았더라면 스물넷의 나는 조금 더 편안했을까. 한 명의 어린 직원에게 '점심 메뉴 갑질'을 한 그 회사의 직원들에게도 말해주고 싶다.

"당신에게 소중한 점심시간인 만큼 우리의 점심시간도 소중합니다."

# 거참,

## 주문하기
## 어렵네요

단골 카페에 갔다가 기분 상하는 일이 있었다. '플레인 시나몬 크로플(크로와상으로 만든 와플)'이 맛있어서 요 근래 자주 즐겨 먹었는데, 그날은 다른 크로플을 먹어볼까 싶어 '오리지널 슈가'라는 이름으로 된 메뉴를 주문했다. 그런데 직원은, 내가 아무리 오리지널 슈가라고 말해도 어떤 메뉴인지 알아듣지 못했다. 분명 메뉴판에 적힌 1번이 오리지널 슈가이고, 2번이 플레인 시나몬이어서 '1번'이라고 숫자로 말해도 마찬가지였다. 내가 "그 와플 같은 것 있잖아요"라고 하자 직원은 더 혼란스러워하며 "크로와상 말씀하시는 거예요?"라고 물었다.

그렇게 주문을 마무리하고 알람벨이 울려 빵을 받으러 갔더니 내가 예상했던 와플 모양이 아니라 정말 크로와상 모양의 빵이 있었다. 알고 보니 내가 계속 외치던 1번 '오리지널 슈가'는 크로플이 아닌 크로와상이었고, 2번 '플레인 시나몬'은 크로플과는 서로 다른 메뉴였던 거다. 메뉴판을 자세히 들여다보지 않았던 내 잘못도 있기는 하지만, 서로 다른 메뉴 이름 외에는 그 메뉴들이 어떤 빵인지, 어떻게 다른지에 대한 별도의 설명도 나와 있지 않았다.

사실 무슨 빵이든 다 잘 먹고, 좋아하는 나로서 크로와상이 나오든 크로플이 나오든 맛있게 먹었을 것이다. 문제는 주문받는 직원의 태도였다. 아무리 봐도 가게에서 오리지널 슈가라는 메뉴는 하나뿐인데, 끝까지 정확한 빵 이름을 대라고만 말하던 직원의 태도에 화가 났다. 혹여 주문이 잘못 들어갈까 봐 염려가 되었던 거라면, 내가 가리키는 메뉴판을 함께 보면서 크로스 체크를 하면 될 거였다.

심기가 불편해 보이는 직원의 표정에, 나는 순간적으로 내가 크로플이 무엇인지 잘 몰라서 발생한 문제인 줄 알고 주변 사람들을 의식하며 부끄러움을 느꼈다. 몇 번이나 메뉴판을 다시 쳐다보며 무엇이 잘못됐는지를 찾아본 것도 나쁜이었다.

일을 하다 보면, 어떤 업무에 대한 나의 설명이 부족해서 잘 전달되지 않은 때가 있었다. 이를테면, 나는 보고를 해야 할 때, 일이 일어난 순서 혹은 중요도에 따라 설명하지 않고 내가 설명하고 싶은 부분부터 설명하곤 했다. 그럴 때면 더 나은 소통 방식을 아는 동료들이 내 설명에서 어떤 점이 부족했는지를 짚어주고, 다음부턴 어떻게 설명을 해야 본인이 더 빠르게 이해할 수 있을지를 알려주어 불편함을 해소했다.

그런 이들이 있는가 하면, 상대방이 하는 말을 애초부터 잘 듣고자 하지도 않고, 조금이라도 이해해 보려고 하지 않는 사람들이 있다. 많은 경우 그들은 도움이 되는 피드백은커녕 오로지 자신의 기준에 맞춘 자세한 자료나 필요 이상의 설명들을 요구한다. 어느 곳 하나 유연하지 않은 이러한 태도로는 같은 자리에서 같은 말만 되풀이하게 될 뿐이다.


요즘 카페며, 음식점이며 직원 없이 손님이 직접 계산을 해야 하는 '키오스크' 전용 매장이 많아졌다. 이러한 변화를 두고 더 편리해졌다고 말하는 젊은 세대가 있는 반면 심한 공포감까지 느끼는 어르신들도 있다. 나는 어르신들이 느끼는 공포감이 키오스크의 조작 방법보다 사회적 분위기에서 더 크게 비롯된다고 생각한다. 빠르게 전환되는 화면 때문에 버튼이 잘못 눌리거나 하는 실수가 일어나면 젊은 사람들도 당황하기 마련인데, 조작법이 더 익숙하지 않은 어르신들은 오죽하겠는가. 그런데 갑자스럽게 도입된 키오스크에, '어린아이도 쉽게 할 수 있는 것'이라는 사회적 분위기까지 만연하니 어르신들이 시도도 하기 전에 겁을 먹을 수밖에 없는 것이다.

"괜찮아요, 천천히 하세요. 저도 어려웠는걸요"라는 한마디를 먼저 건네드리면 어떨까. 어르신들이 쩔쩔매는 이유는 조작법을 몰라서라기보다는 뒤에서 기다리고 있는 젊은이들에게 피해를 끼치고 싶지 않은 마음이 크기 때문일 것이니.

상대방의 마음을 먼저 헤아리면, 더 크게 보이고 들리는 것들이 있다. 카페 직원이 그렇게나 원하던 풀네임으로 말하자면 "오리지널 슈가 크로와상"처럼 말이다.

막상
해보고 나면

별거
아닌 일

최근에 난생처음으로 피부과에서 시술을 받고 왔다. 어느 정도 예상했지만 코디네이터는 이런저런 이유를 대며 계산기를 두들기더니 '연말 감사제'라고 쓰여 있던 이벤트 금액보다 다섯 배 높은 금액을 제시했다. 그 어떤 유혹에도 흔들리지 않겠다 다짐하고 갔지만, 나는 결국 큰맘 먹고 시술을 받기로 결정했다.

"삐비빅-" 카드가 긁히는 소리에 10년 전, 여드름을 가리려 한껏 웅크리고 걷던 스물둘의 내가 떠올랐다.

학창 시절에는 여드름이 없었는데 오히려 성인이 되고 나서 얼굴에 여드름 꽃이 피기 시작했다. 갓 스물이 된 당시의 나는, 내 피부에 맞는 화장품이 무엇인지도 몰랐고, 무조건 저렴하거나 남들이 좋다는 것을 이것저것 바르다 더 큰 낭패를 당하곤 했다. 최대한 건드리지 않는 것이 방법이지만, 그때는 온 신경이 피부에 쏠려 자꾸만 여드름에 손이 갔다. 밖에서 이것저것 만지고 더러워진 손으로 얼굴을 만지작거리니 상태는 더 안 좋아졌다.

외모에 신경을 많이 쓰는 편이었기에, 울긋불긋한 여드름과 여드름을 건드린 상처 자국은 자신감에도 많은 영향을 끼쳤다. 심지어 렌즈를 사러 가지도 못했다. 안경집 특유의 밝은 조명도 싫었고 안경집 아저씨가 렌즈가 잘 맞냐고 물어보며 내 얼굴을 가까이에서 쳐다보실 게 분명했기 때문이다. 그러면서 땅을 쳐다보며 걷는 나날들이 많아졌다. 누군가 내게 밀착해서 말을 걸면, 그가 싫지 않은데도 한 걸음 뒤로 물러섰다. 이제 와 고백하건대 모두 피부 때문이었다.


그래서 한번은 설날에 받은 세뱃돈과 추석에 받은 용돈, 그리고 아르바이트로 번 돈을 싹싹 모아 피부과에 간 적이 있다. 연예인들이 피부과 간판 앞에서 원장님과 같이 사진을 찍은 광고를 보면, 분명 시술을 받아야 연예인처럼 매끈하고 깨끗

한 얼굴을 가질 수 있는 듯했다. 주변에서 들은 이야기나 인터넷 정보에 의하면 피부과에 가면 최소 몇백만 원은 든다고 했지만 나는 딱 한 번만, 그것도 아주 기초적인 치료만 할 거니까 그만큼의 비용은 필요하지 않을 거라고 생각했다.

코디네이터와 마주 앉아 상담을 받는데 반질반질한 피부와 긴 손톱, 그리고 강한 메이크업에 왠지 모르게 주눅이 들었다. 그녀는 가격이 적힌 파일을 한껏 부드럽게 넘기며 몇백, 몇십만 원을 남의 집 똥강아지 이름처럼 이야기했다. "조금 더 싼 것은 없나요?"라는 어린 나의 질문에 안 그래도 차갑던 그녀의 표정은 냉골이 되더니, 하든가 말든가라는 태도로 몇십만 원짜리를 할 수도 있다고 말했다. 물론 10년도 더 된 일이다.

고민 끝에, 한 번 더 생각해 보고 오겠다고 얼버무리며 피부과를 나서던 그때의 내 앞에 갑자기 짜잔, 하고 누군가 앞을 막아선다. 10년 후의 나, 지금의 나다.

"들어가자. 언니가 카드 긁어줄게!"

나는 요즘 내가 10년 전 나의 언니 같다. 말이 좀 이상하지만, 과거의 나를 돌아보고 안아주는 시간을 자주 갖는다는 뜻이다. 사회생활을 하지 않았던 10년 전보다는 당연히 피부과 정도는 갈 수 있을 만큼의 넉넉한 돈이 생겼지만, 단순히 내 돈으로 피부과에 갈 수 있고 없고의 변화를 말하는 게 아니다. 내가 여드름 때문에 얼마나 속상한지 누구한테 말도 못 하고, 코디네이터 앞에서 더 싼 치료는 없는지를 물으며 혼자 속앓이를 했던 그때의 내 마음을 아는 사람은 오직 지금의 나뿐이니까. 그 마음을 알아줄 수 있는 사람도 지금의 나뿐이라는 사실을 잊지 않으려고 한다.

어릴 때는 크고 대단해 보였으나 나이가 들어 막상 해보면 별거 아닌 일들이 많다. 그때는 왜 그리 무섭고, 서운하고, 힘들었는지. 가끔 버스에서 고민 가득한 표정으로 창밖을 바라보는 학생들을 보면, 그 고민이 무엇인지 알 수는 없으나 왠지 과거의 내 모습이 겹쳐 보이는 것 같기도 하다. 그래서 10년이 지난 지금의 나는 10년 전, 20년 전의 나에게 자주 말을 건다.

"괜찮아, 너도 모르고 그런 거잖아."
"그래도 돼. 어차피 어른이 되면 자연스럽게 사라질 거야."
"네가 그러고 싶어서 그런 게 아닌 거 알아."

나이가 들수록 잔뜩 굽었던 어깨가 반듯이 펴지는 걸 보면,

나 자신에게 꽤 괜찮은 어른이 되어가는 것 같다. 이제 겨우
한 번 시술을 받았기 때문에 아직 효과는 잘 모르겠다만, 해보
고 나니 참 별거 아닌 일이었다.

# 내 글을

## 무단 도용
## 당했다

무단 도용은 쉬운 일이다. 나에게 이런 일이 닥치기 전까지만 해도 그 사실을 몰랐지만 말이다.

브런치에 발행한 글 한 편이 약 4개월 만에 조회수 50만을 기록할 정도로 많은 사람들에게 공유되고 있었다. 간간이 인터넷에 검색을 해보며 내 글이 어디로 공유되고 있는지, 독자들의 반응은 어떠한지 살펴보고 있었는데 내가 기고 요청을 허락하지 않았던 출판사를 출처로, 내 글이 한 블로그에 업로드된 것을 우연히 발견했다. 그 출판사는 몇 개월 전 나에게 잡지 기고 제안을 했지만, 내 글의 결과 맞지 않는다는 판단으로 따로 답변은 하지 않았던 곳이었다.

이런저런 일이 겹치면서 잠깐의 휴식이 더 급급하던 때였다. 하필이면 이런 때 소나기 같은 일을 뒤집어쓰고 나니 온몸에 힘이 빠지고 일상에 타격을 입을 만큼 무기력한 기분이 들었다. 그럼에도 불구하고 가만히 있으면 안 된다는 확신은 있었다. 나를 포함한 모든 작가들이 또다시 똑같은 방법으로 무단 도용을 당할 수 있다는 위험을 느꼈기 때문이다. 하지만 무단 도용이라니. 말로만 많이 들어봤지, 내가 직접 당하니 어떻게 대응을 해야 할지 너무나 당황스러웠다.

우선은 해당 출판사에 기고를 했거나 해당 잡지에서 내 글을 캡처한 몇몇 블로거들에게 수소문을 해뒀다. 물론 답변이 오리라는 기대는 하지 않았다. 만약 나였더라도, 이름도 모르고 얼굴도 모르는 누군가가 출판사로부터 글을 무단 도용당했는데 잡지에 관련해 이야기를 나누고 싶다고 하면 무심코 흘려 지나쳤을지도 모른다. 회사를 다니기에도, 내 일상을 살아가기에도 충분히 바쁜 삶이니까.

답변을 기다리면서 신고를 먼저 해야 할지 아니면 무단 도용의 증거인 오프라인 잡지를 먼저 찾아야 할지 고민하다가 도대체 무슨 생각으로 이런 일을 벌였는지 출판사에 직접 전화를 해봐야 속이 시원할 것 같았다. 왜 당한 내 심장이 덜컹

거리는지 모르겠지만 최대한 심장 소리를 들키지 않으려 애쓰며 번호를 눌렀다.

결과부터 말하자면, '실수'라는 답변을 받았다. 다른 작가와 혼동했다는 것. 나는 모든 사람은 실수할 수 있다고 생각하는 편이고 웬만한 잘못이 아닌 이상 눈을 감고 넘어가는 편이다. 휴대폰 너머 사람의 목소리를 듣고는, 순간 마음이 약해져 괜히 전화를 걸었다는 생각도 했다. 하지만 여기서 더 생각을 해 보면, 브런치라는 플랫폼은 본인의 글이 아니면 복사(Ctrl+C), 붙여넣기(Ctrl+V)가 안 된다. 하더라도 '저작권'에 대한 경고 문구가 뜬다. 즉, 휴대폰 너머 목소리의 주인공이 직접 타이핑을 쳐서 베꼈다는 것이기에 더 문제가 됐다.

나는 공식적인 사과문을 원했지만 잡지의 다음 호가 이미 제작에 들어가서 그 다음 호에야 게재가 가능하다는 답변을 받았다. 최대한 빨리 공식적인 사과를 원한다는 의견을 밝히고 내용을 정리해 다음날 다시 전화를 달라고 했지만, 다음날 받은 답변에도 달라진 점은 없었다. 보상금을 주겠다고도 했지만 그의 열 배를 줘도 받을 생각이 없었다. 내가 가장 화난 부분은 사과 방식이었다. 최선의 대응을 해야겠다고 결심한 결정적 부분이기도 하다.

한 번도 생각해 본 적 없었는데, 무단 도용은 생각보다 굉장히 쉬운 일이다. 오프라인으로 제작되는 데다가 한정된 곳에 배포되는 잡지라면 내 글을 도용했는지 어쨌는지 쉽게 알 길이 없다. 어쩌면 이 다음에 또 내 글을 가져다 써도 모를 수도 있다. 굳이 찾아보지 않는다면 말이다. 그래서 잠깐 고민도 됐다. 이 일에 대응하는 데 내 시간과 에너지를 쓰는 것이 과연 나에게 도움이 되는 일인지. 적당히 합의하고 생산적인 다른 일에 시간을 쏟는 것이 정신 건강에나, 나의 소중한 시간에게나 더 나은 선택일지도 모르니까.

그래도 두 번은 어렵다는 것을 알려주고 싶었다. 그 출판사뿐만 아니라 무단 도용을 하는 모든 사람에게. 그래서 생산적이고 재미있는 일이 아닐지라도 나는 반드시 해야만 하는, 의미 깊은 일을 먼저 해야겠다고 생각했다.

내가 이러한 다짐을 할 수 있었던 건, 블로거들에게서 받은 답장의 힘이 컸다. 나의 소식을 들은 이름 모를 한 블로거는, 어디에 두었는지조차 잊고 있었던 잡지를 찾아 내 글이 인쇄된 부분을 사진으로 촬영해 보내주었다. 또다른 어떤 분도, 블로그에 짧게 남겨놓은 내 글로는 이해가 잘 되지 않는다며 통화를 하자고 하셨다. 전화를 걸어 자초지종을 설명드리니 너무 힘들고 당황스럽겠다며 위로하고는 어떻게든 본인도 잡지를 찾아 사진으로 촬영해 보내주겠다고 했다.

　나는 내 브런치 채널에 무단 도용 사건에 대한 사실을 알리고, 저작권 보호 신고를 하는 등 무사히 나름의 대응을 마쳤다. 글을 쓰는 사람으로서, 또 글을 사랑하는 사람으로서 내 글을 본 다양한 이들이 많은 응원과 위로를 보내주었다. 세상에는 힘들고 어려운 일도 있지만, 그 일을 그대로 썩게 내버려 두지 않는 좋은 사람들이 있기에 언젠가는 "그때 그런 일이 있었지 뭐야" 하며 뒤돌아 회상할 수 있는 게 아닐까.

　무단 도용 사건이 벌어진 지 2개월 만에 출판사에서 정식 사과문을 보내왔다. 다시는 사과문을 받을 일이 없기를 바란다.

살면서

겪지 않아도 될 일을
겪게 된다면

중학교 2학년 때인가, 우리 아파트 앞에서 처음 바바리맨을 마주쳤다. 하굣길이었으니 시간은 오후 4시쯤 되었을 것이고, 예쁜 동네 길에 햇빛이 쏟아지고 있어 기분이 좋은 날이었다. MP3로 박기영의 '나비'라는 곡을 엄청 크게 들으며 아파트 단지로 꺾어 들어가려는데, 느낌이 이상했다. 웬 남자가 너무 당당하게 내 앞을 가로막고 빤히 나를 쳐다보고 있는 게 아닌가. 뭐야?라고 할 틈도 없이 바지 지퍼가 열려 있음을 0.01초 사이에 확인했고, 열린 지퍼보다는 내 앞길을 막고, 나를 빤히 쳐다보고 있는 얼굴이 희한해서 바바리맨임을 알아차렸다.

혼비백산하며 뒤돌아 달려가는 동안 소리도 지르지 못했

다. 너무 당황스럽고 놀라서 심장이 밖으로 튀어나오는 줄 알았다. 노래에는 하필 '어떡해 어떡해 어떡해야 해'라는 가사가 흘러나오고 있었고, 한참을 달려 사람들이 많은 교차로에 도착하자 같은 아파트에 사는 친한 친구의 모습이 보였다. 그제야 입 밖으로 소리가 터져 나왔다.

"우와아아아앙아아아아아앙!!"

왜 하필 우리 아파트 앞이었을까. 그날따라 동네에는 사람들이 없었고, 돌이켜 생각해 보니 아마도 그는 내 뒤를 계속 따라왔던 것 같다. 하지만 내가 음악을 크게 듣고 있어서 이상한 낌새를 느끼지 못했고, 그러자 후다닥 내 앞을 가로질러 가 코너에 서서 나를 기다렸을 것이다. 그 일이 있고서는 한동안 그 예쁜 길을 걷지 못했다.

13층이었던 우리 집에서 내려다보면 보이는 길. 그 아래로 엄마가 '우리 수진이 잘 오고 있나' 하고 창밖을 내다보고 있었다면 보였을 거리. 우리 집 앞이 공포의 장소가 되어버린 건, 바로 그 0.01초의 사건 때문이었다.

그 이후로 바바리맨을 한 번 더 만났다. 그는 역 근처 번화가의 좁은 통로에 서서 지나가는 나를 "야!" 하고 불렀는데, 그 소리에 고개를 돌린 나만 또 눈을 버렸다. 그런데 그날 내 행동은 바바리맨을 처음 마주쳤던 때와는 조금 달랐다. 비 소식이 있던 날이라 손에 장우산이 들려 있었는데, 그 우산을 들고 저 미친놈을 쫓아가야겠다는 용기가 생긴 것이다. 다행히 옆에 있던 친구의 만류로 우산 폭행 사건은 일어나지 않았지만, 소리도 못 지르고 당했던 몇 년 전에 비하면, 그때의 난 많이 강해져 있었다.

'덕분'이라고 해야 할까, '때문'이라고 해야 할까. 이후로 나는 꽤 예민하고 민첩한 사람이 되었다. 거기다 의심도 많아졌다. 으슥한 길을 갈 때에는 꼭 음악을 일시정지해 놓았고, 사람이 붐비는 지하철에서는 서둘러 구석 자리로 가 괜히 엮이고 싶지 않은 일이 생기지 않도록 노력했다.

살다 보면 누구나 원하지 않는 사건에 맞닥뜨리게 된다. 친구가 휘말린 싸움에 나까지 휘말리거나, "저 사람 좀 별로지 않아?"라는 질문에 "그런 것 같기도 하다"라고 했다가 뒷담화하는 사람으로 찍히는 등 내가 맞닥뜨린 사건들만 해도 참 많았다. 그런 일들을 여러 번 겪다 보면 또 비슷한 사건을 맞닥뜨렸을 때 좀 더 슬기롭게, 침착하게 해결하는 방법을 터득하게 된다.

물론 나의 경우는, 굳이 겪지 않았으면 더 좋았을 일이기도 하다. 보고 싶지 않은 모습을 보고, 듣고 싶지 않은 말을 듣고, 느끼지 않고 싶은 것을 느껴야만 했던 공포는 아주 오랫동안 내 머릿속 찌꺼기로 남아 나를 괴롭혔으니 말이다. 그럼에도 어떻게든 맞닥뜨려야 했던 일이라면, 그 속에서 나름대로 해결 방법을 찾아 더 단단한 나를 만들어 가는 수밖에 없다.

학교 주변에 자주 출몰하던 바바리맨들은 이제 좀 사라졌을까. 그들은 운이 나쁘면 마주칠 수도 있는 사람들이 아니라 절대로 마주쳐선 안 되는 사람들이다. 살면서 굳이 겪지 않아도 될 일과 굳이 마주치지 않아도 될 사람은 최대한 피해 가기를. 그래도 혹여 맞닥뜨리게 된다면, 목청껏 소리도 지르고 장우산을 휘두르며 나를 보호하기를.

더
격렬하게

아무것도
안 하고 싶은 속마음

얼마 전 등산을 하다가 벌레에 두 방을 물렸다. 날씨를 즐긴다고 가만히 앉아 있었기 때문. 산 벌레는 워낙 독해서 옷 위로도 무는 데다, 물고 난 부위는 아주 크고 매섭게 부풀어 오르는데, 한번은 도대체 어떤 놈이 물었는지 어질어질 현기증까지 난 적이 있다. 그래서 등산을 할 때 웬만하면 낮은 지대에서 가만히 앉아 있지 않는다. 땀 냄새가 선크림이나 트리트먼트 향과 섞여서인지 자꾸 벌레들이 꼬이기 때문이다. 물리지 않으려면 계속 몸을 움직일 수밖에 없다.

몇 년 전, 삼성카드 광고에서 배우 유해진이 레스토랑에서

밥을 먹고 결제를 하려는데, 캐셔가 "통신사 카드 있으세요?" "멤버십 카드 있으세요?" 하며 각종 카드가 있는지를 묻는 장면이 나왔다. 이러한 경험이 한 번쯤 있는 나로서도 그런 카드를 잘 활용하면 좋다는 것은 알지만 귀찮고 피곤하게 느껴진 적이 많았는데, 그런 내 마음을 읽었는지 유해진의 속마음이 내레이션으로 깔렸다.

"아무것도 안 하고 싶다. 이미 아무것도 안 하고 있지만 더 격렬하게 아무것도 안 하고 싶다."

이후 이 대사는 여러 예능 프로그램이나 SNS에서 게으름을 표현할 때 다양하게 패러디되어왔다. 그런데 이미 아무것도 안 하고 있지만 더 격렬하게 아무것도 안 하고 싶은 마음의 본질은 무엇일까. 속으로는 사실 해야 한다고 생각하지만 몸이 따라주지 않으니 그 일을 의도적으로 더 심하게 안 함으로써 반항하고 싶은 마음 아닐까. 만약 정말 게으른 사람이었다면 '아무것도 안 할 것이다'라고 못을 박거나 '내일 해야지' 하며 뒤로 미루지, 아무것도 안 하고 싶다고, 심지어 '더 격렬하게' 아무것도 안 하고 싶다는 바람을 갖지는 않을 것 같다.

내가 항상 움직여야 한다는 강박 관념을 갖게 된 것은 취업 준비생 시절부터였다. 1일 1이력서를 제출해야 내일 연락이 올지도 모른다는 희망을 품고 잠들 수 있기 때문에 1일 1이력서는 내 나름의 규칙이었다. 하지만 어떻게 매일 이력서를 제출할 만한 공고가 있겠는가. 채용 공고를 찾지 못한 날이면 심한 우울감을 느꼈고, 이처럼 1일 1이력서를 제출할 수 없는 상황에서도 계속 해야 한다는 강박 관념이 있었다.

이러한 강박 관념이 일상적으로 자리 잡히면 가만히 앉아 있는 나 자신을 발견할 때마다 스스로 채찍질을 하게 된다. 아무것도 안 하고 있으면 푹 쉬면 될 것을, 더 격렬하게 아무것도 안 하고 싶다고 계속 생각하면서도 자유로워지지 못한다. 아무것도 안 해도 입병이 나는 이유다.

게으름이라는 벌레에 물릴까 봐 쉬지 않고 계속 움직인 덕분에, 결국 취직도 하고 많은 프로젝트를 하며 바쁜 나날을 보내고 있지만, 때로는 아무것도 하고 싶지 않다는 바람조차 내려놓고 공활한 가을 하늘을 즐길 줄 아는 여유도 필요하다. 1일 1이력서도 중요하지만, 이미 충분히 최선을 다하고 있는 나 자신에게 당근을 주는 것도 필요하니까. 까짓거, 벌레 한 방 정도 물린다고 죽지 않는다(물론 등산할 때는 온몸을 옷으로 가리고 모기 기피제를 뿌려야 한다).

변기를
뚫는데

　왜
　행복할까

결국 터질 일이 터지고 말았다. 정말 이 일만큼은 피하고 싶었
는데, 변기가 막혀 버렸다. 작업실의 수압이 너무 약한 탓에,
친구들이 작업실에 놀러 올 때마다 늘 변기 사용에 대한 주의
를 줬는데, 이번엔 내가 주의를 기울이지 못했다.

　변기가 막히는 일은 가족과 살면서도 여러 번 경험했지만,
그때마다 엄마가 나서서 관리 사무소에 연락했기에 내가 손
을 쓴 적은 한 번도 없었다. 하지만 작업실에서는 어떤 일이든
나 혼자 해결해야 했으므로 변기가 막혀버린 그 순간, 패닉에
빠졌다. 하필 더웠던 날씨 때문에 아침부터 방안은 푹푹 쪘고,
나는 블로그에 '막힌 변기 뚫는 법'을 검색하며 망연자실하다

결국 엄마에게 연락을 했다.

엄마는 뚫어뻥과 배수관 세척제를 써보라고 했고, 나는 비장한 마음으로 가까운 마트로 향했다. 뚫어뻥을 들고 오는 게 왠지 부끄러울 것 같으니 기다란 장바구니도 챙겨 갔다. 마트에서 파는 5,000원짜리 뚫어뻥은 생각보다 크고 초강력해 보였다. 얕은 내 생각으로는, 몇 번의 펌프질이면 충분할 것 같았고 굳이 세척제까지 살 필요도 없겠다 싶어 뚫어뻥만 달랑 사 들고 돌아왔다.

100번 정도 펌프질을 했을까. 여전히 아무런 변화도 느껴지지 않았다. 도대체 펌프질을 몇 번 정도 해야 하는 건지 감이 오지 않아, 오랫동안 자취를 해본 친구에게 물었다.

"계속해."

친구의 조언을 들은 뒤 약 1,000번의 펌프질을 더 하자 조금씩 변화가 보였다. 문제는, 육안으로는 어느 정도 해결된 듯 보였는데 이상하게 물 내려가는 모양새가 예전 같지 않았다. 결국 관리 사무소에 연락을 했고, 소장님이 거대한 장비를 들고 와 땀을 한 바가지 쏟아내며 봐주었지만 상태는 그대로였다. 결국 또다시 마트행. 마지막 방법으로 세척제를 써보기로 한 것이다. 그래서 결과가 어떻게 됐냐고? 세척제를 뿌려놓고 30분이 지나자 비교적 힘차게 물이 내려갔다. '처음부터 세척제를 쓸걸!' 하는 후회도 들지 않았다. 그냥 막힌 무언가가 뚫렸다는 것만으로 그렇게 시원하고 행복할 수가 없었다.

사실 변기가 막히기 전날 밤, 약간 우울했다. 특별히 안 좋은 일이 있었던 건 아니고 때때로 찾아오는 그런 불안감을 앓은 밤이었다. 일을 더 잘하고 싶은데 내 욕심만큼 잘 안 되거나, 누군가는 벌써 저만큼 앞서 달려가고 있다던데 나만 제자리에 머물고 있는 것 같은 기분에 휩싸이는 밤. 무기력하게 맞이할 아침이 싫었고, 정말 손가락 하나 겨우 까딱할 정도였다. 그런데 신기하게도 변기가 막히자마자 어디서 생겨났는지 모를 힘이 솟아났고, 내 변기는 내 손으로 뚫겠다는 일념 하나로 최선을 다해 뚫어뻥으로 있는 힘껏 펌프질을 할 수 있었다.

복잡한 생각과 어지러운 고민이 쌓일수록 아주 원초적인 목표에 집중해야 한다. 배가 고프니까 일단 밥부터 먹고, 졸리니까 일단 낮잠부터 자고, 변기가 막혔으니까 일단 변기부터 뚫는 것이다. 정신적으로 큰 에너지를 들이지 않아도 해결할 수 있는 원초적인 목표를 한번 이루고 나면, 인생에 중요한 결정이나 정신적 에너지를 필요로 하는 일들이 비로소 말끔하게 손에 잡힌다.

여러 사람들의 응원에 힘입어 변기는 뚫렸고 작업실은 평화
로운 일상을 되찾았다. 다시, 나답게 하루를 보낼 힘이 생겼다
는 뜻이다.

이미
알아야 할 것은

다
알아버렸는지도

만약 당신의 친구가 이런 고민을 털어놓는다면 어떤 말을 해
줄 수 있겠는가? 20대 초반에 애인과 이별한 뒤 10년이 넘도
록 우울증을 겪고 있다고. 심리 상담을 하고 종교 수행을 해봐
도 아주 잠시 동안은 도움이 되는 것 같지만 금세 원상 복귀된
다고.

　정신건강의학과 정혜신 전문의가 운영하는 유튜브 〈정혜신
TV〉에 위와 같은 고민이 올라왔다. 보통 친구들끼리 하는 연
애 상담이라면 '누구나 겪는 이별이야, 털어버려'라든지 '네가
뭐가 아쉬워서 아직까지 눈물 바람이야? 더 좋은 사람 만날 수
있을 거야!'라는 말이 가장 먼저 떠오를 법하지만 글쎄, 짧은

편지 한 통으로 사연자의 이야기를 다 알 순 없지만 본인의 고통을 치유하기 위해 심리 상담이든, 종교 수행이든, 독서든 해볼 수 있는 것은 다 해본 것으로 판단된다. 심지어 이 유튜브에 고민 상담 편지까지 보내지 않았는가.

연애 고민이든 인생 고민이든, 누구나 한 번쯤 풀리지 않는 문제를 가져본 적이 있을 것이다. 나도 그런 적이 있다. 지금의 내 머리로는 도저히 답을 찾을 수 없어서 〈정혜신 TV〉의 사연자처럼 내가 할 수 있는 모든 방법을 동원해 답을 찾아보려고 했다. 이래저래 다 해봐도 답을 찾지 못하면 친구들은 탈탈 털어버리곤 하던데, 나는 끝내 풀리지 않는 문제를 놓지 못했다. 나보다 경험이 많은 사람에게 묻고, 또 묻고, 책이든 인터넷이든 정보란 모든 정보는 다 찾아보고, 무작정 길거리에 나가 혼자 뛰고 걸으며 머릿속 퍼즐을 맞춰보려 했다. 스스로 답을 찾을 때까지 붙들었다.

그래서 저 질문에 정혜신 전문의가 어떤 대답을 해줄지 궁금했다. 누군가 10년이 넘도록 풀지 못한 문제를 전문의의 시선으로 바라보면 턱 하니 해결책이 나오지 않을까 싶어서.

"이 분은 이미 알아야 할 것을 다 알고 계신 거예요."

정혜신 전문의가 내린 답은, 이제 책도 그만 보고 상담도 그만하고, 내 마음을 들여다보라는 것이었다. 이미 할 수 있는 것을 다 해보아서 더 이상 할 수 있는 일이 없다면 그다음에 할 일은 단 하나뿐이다. 이제 그만. 아무것도 하지 않는 것. 포기도 하나의 방법이다. 어쩌면 무언가를 붙드는 것보다 더 힘든 선택일지도 모른다. 할 수 있는 모든 것을 다 한 사람만이 할 수 있는 최후의 선택이기 때문이다.

　　학창 시절, 시험지를 제출해야 할 때, 끝까지 시험지를 손에서 놓지 않고 선생님과 실랑이를 하던 친구가 있었다. 당시엔 그 친구의 욕심과 의지가 정말 대단하다고 생각했는데, 지금와서 생각해보니 그 친구의 행동은 미련에 가까웠던 것 같다. 주어진 시간 동안 풀지 못한 문제에 최선을 다하지 못했다는 미련. 오히려 빈칸으로 제출하면서도 시험지를 쿨하게 제출해버리고 매점에 빵을 사 먹으러 가는 친구들이야말로 자신이 할 수 있는 최선을 다해 더 이상 미련이 없었을지도 모른다.

　　만약 내 친구가 나에게 오랫동안 힘들어하던 고민을 털어놓는다면 그동안 애쓰느라 수고했다고, 아무것도 하지 말고 이제 그만 푹 쉬라고 말해주고 싶다. 그리고 나 역시 깨닫는다.

세상에는 꼭 풀어야만 하는 매듭만 존재하지는 않는다고. 꼬인 것은 꼬인 그대로 놔둘 줄도 알아야 한다고.

작아도

내
상처라서

3주 전쯤부터 왼쪽 무릎이 아팠다. 이전에도 아픈 적이 있었
지만 시간이 지나면 괜찮아지곤 했는데 이번엔 통증이 꽤 오
래 갔다. 웬만하면 주먹으로 툭툭 치고 말겠는데, 밤에 자면서
자세를 바꿀 때마다 깰 정도이니 병원에 가야겠다 싶었다. 평
생 세 번 정도 가봤을까 싶은 정형외과에.

"염증이 조금 있긴 한데, 심하진 않네요."

여기저기 꼼꼼히 초음파 검사를 해봐도 그다지 큰 원인이
발견되지 않았다. 괜히 엄살을 피운 것 같아 침대에서 내려와

서둘러 신발을 신었다. 그래도 경과를 좀 지켜보자, 더 심해지면 주사를 놓자, 하는 의사 선생님께 "약이면 충분해요"하고 도망치듯 진료실을 빠져나왔다. 3주 내내 무릎 때문에 신경이 쓰였으면서. 회사에서 장시간 앉아 있다가 일어날 때마다, 무의식적으로 무릎을 안쪽으로 섞을 때마다, 계단을 오르내릴 때마다 불편했으면서 "그리 심하지 않다"라는 그 한마디에 나는 한 번도 아프지 않았던 사람처럼 굴었다. 아니, 굴어야 할 것 같았다.

최근 건강 검진에서도 비슷한 일이 있었다. 약 2년 전, 가슴에 혹까지는 아니지만 무언가 작은 것이 있다는 결과가 나왔고, 심하진 않으니 매년 경과를 지켜보자고 했다. 그리고 1년 후, 크기가 조금 더 커지긴 했으나 여전히 심하진 않으니 꾸준히 지켜보자고 했다. 그리고 올해, 나는 혹시 그것이 더 커지진 않았을까 염려하며 초음파 검사를 받았다.

"크기가 그렇게 신경 쓰실 정도는 아니에요. 그래도 매년 경과를 지켜보는 게 좋겠죠."

이런 상처가 내 몸 곳곳에 숨겨져 있을 것이라 생각하니 왜인지 가엾다. 고작 '그리 심하지 않은 상태'로 불리며 공식적인 상처로 인정받지도 못한 것들. 심하게 아프지 않은 것이 얼마나 다행인가 싶다가도, 내 몸과 마음이 아파도 아프다고 말할 수 없도록 경계선을 긋고 있는 것만 같다. 네가 그리 신경쓸 정도는 아니야, 라고 나의 입을 틀어막는 것만 같다.

　며칠째 무릎 약을 먹었다. 괜찮아진 것 같기도 하고 안 괜찮아진 것도 같다. 신경 쓰지 말라는데도 자꾸 신경이 쓰이는 건, 누군가에겐 작고 사소해도 나에겐 그렇지 않은 상처라서 그렇겠지.

물
한 모금을

남겨놓는
습관

여름이 되면 항상 생수 한 병을 들고 다닌다. 더위를 많이 타고 땀도 많이 흘러서 수시로 물을 마셔주어야 한다. 어릴 땐 그게 탈수 증세인지도 모르고 '내가 어지러움을 잘 느끼는가 보다' 하고 살다가 한두 번은 큰일이 날 뻔하기도 했다.

올해도 날씨가 금세 더워졌다. 몇 주 전부터 바깥 활동을 하기 전에 편의점에 들러 생수 한 병을 사서 들고 다녔다. 그렇게 며칠 지내다가 희한한 습관 하나를 발견했는데, 집에 돌아와 생수병을 꺼내면 물이 1/5 정도, 그러니까 딱 한두 모금 정도가 남아 있는 것이었다. 까짓거 그 정도 남길 거면 후루룩

마셔버리거나 바깥에다 털어버리고 올 것이지, 도대체 왜 집에 도착할 때까지 그 정도의 물을 남겨놓는 걸까. 한참을 생각하다 알았다. 나는 혹시 모를 상황에 대비해 한 모금의 물을 남겨두고 싶었던 것이다. 갑자기 심하게 목이 타거나 응급상황일 정도로 어지러운, 사실 이젠 잘 발생하지도 않는 상황에 대비해서.

다음날 역시 내 생수병의 물은 1/5 정도 남아 있었다. 한 길 건너 편의점이 있는 요즘 같은 시대에, 가방 안에 남아 있는 한 모금의 물이 뭐라고, 그럼에도 언제든 힘들고 지칠 때 당장 마실 수 있는 물이 내게 남아 있다는 사실이 마음의 위안이 된다.


나는 소진되는 것이 두렵다. 우리 사이에 더 이상 할 말이 없고, 더 이상 쓸 글이 없고, 더 이상 하고 싶은 일이 없어지는 것. 너무 지치고 탈진해서 다시 일어설 수 없는 상태가 오지 않았으면 한다. 물론 이런 바람과는 상관없이, 때로는 그런 상태를 겪고 한동안 가림막 커튼이 쳐진 방 안에 웅크려 앉아 있을 때도 있었지만, 결국 나를 다시 일어서게 한 건 남겨놓은 한 모금의 물 같은 것이었다. '너'에게 남아 있는 아주 작은 관심이 진심 어린 대화를 다시 만들어 냈고, 언젠가 서랍 안에 무심하게 던져두었던 단편적인 아이디어들이 썩 괜찮은 글감이 됐고, 일기장에 끄적였던 낙서가 잠시 잊고 살았던 꿈을 다시 꺼내어 볼 수 있게 한 것처럼.

가진 모든 것을 탈탈 털어 열정을 불태워도 모자란 세상에, 무언가를 남겨놓는다는 건 배부른 소리처럼 들리기도 한다. 그러나 나는 앞으로도 늘 가방 안에 남아 있는 한 모금의 물처럼, 내가 정말로 지치고 힘들 때 마실 수 있는 물을 남겨두려 한다. 고작 한 모금의 물이 최악의 순간을 버티게 하는 힘이 되니까.

물결이
빠진

대화

2019년부터 각 회사마다 재택근무라는 것이 서서히 자리 잡기 시작했다. 업무 특성상 재택근무를 하기 어려운 직무도 있지만, 마케터인 나의 경우 회사에서도 거의 얼굴을 마주하지 않은 채 동료들과 메신저로 소통하는 경우도 많아 업무에 큰 문제는 없었다. 재택근무를 처음 하게 되었을 땐, 이 좋은 걸 왜 이제서야 도입을 한 건가 싶을 정도로 행복했다. 아침에 늦잠을 자도 되니 피로감이 줄고, 지옥철을 타지 않아도 되니 스트레스도 줄고, 점심시간에는 식당에서 음식이 나올 시간을 기다리지 않아도 되니 시간 활용 면에서도 만점이었다.

그런데 재택근무에 적응이 되었을 무렵, 한 동료와 메신저를 주고받는데 묘하게 거슬리는 부분이 생겼다. 나의 긴 설명에 단답형으로 '네'라고만 대답이 돌아오니 왠지 모르게 무시당하는 느낌이 들었다.

그러다 하루는 회사 사무실로 출근해야 하는 날이 있었는데, 텅 빈 사무실에서 딱딱한 말투를 쓰는 그 동료를 마주쳤다. 얼굴을 마주 보며 육성으로 업무 이야기를 나누어 보고 알았다. 그 동료는 온라인에서나 오프라인에서나 비슷한 대화 스타일을 가졌다는 것.

종종 화상 회의를 하기도 하지만, 메신저가 주 소통 창구이다 보니, 나는 동료들과 물결 표시 (~)이나 웃음 이모티콘 (^^)을 자주 사용하면서 커뮤니케이션을 했다. 또한, 비대면의 경우 서로 정확하게 말하고, 이해한 게 맞는지 확인하기가 어렵기 때문에 더 정확한 표현을 쓰기 위해 노력했다. 별 게 아닌 것 같지만, 얼굴을 마주하지 않은 상태에서는 단어와 텍스트에서 느껴지는 감정이 대화 분위기를 완전히 뒤바꾼다. 예를 들어 "그건 안 될 것 같은데요"보다는 "○○ 때문에 안 될 것 같은데요"라고 말하면 왜 그 일을 할 수 없는지 상대방이 의아해 할 필요가 없고, 내가 너무 무리한 요청을 드린 게 아닌가 걱정하다가도 '괜찮아요' 뒤에 상대방이 붙인 물결 하나에 마음이 놓이는 것이었다.

2019년 초반에는 화상 회의 플랫폼을 처음 다루어 보는 사람들이 많았지만, 최근 들어 회사에서나 학교에서나 화상 회의가 일상화되면서 많은 사람들이 능숙하게 다룰 수 있게 되었다. 음식도 비대면으로 주문하고, 수업도 비대면으로 받고, 쇼핑도 비대면으로 하는 비대면 세상. QR코드가 무엇인지 잘 모르시던 할머니, 할아버지들도 이제 휴대폰을 꺼내어 흔들고 건물 안으로 입장한다.

이제 나도, 당신도 비대면 세상에 적응하지 않을 수 없다. 동료가 물결이나 이모티콘을 쓰지 않는다고 해서, 단답형으로만 대답한다고 해서 하나하나 서운함을 느끼면 피곤한 건 나다. 하지만 나는 앞으로도 채팅을 할 때는 아주 열심히, 성을 다해 물결을 긋고 이모티콘을 넣을 것이다. 대면으로 이야기를 나눌 때 고개를 끄덕이고, 눈을 깜빡이고, 입술 끝을 살짝 위로 올림으로써 당신의 말을 귀담아 듣고 있음을 나타내는 것처럼, 비대면으로도 전해야 할 용건 이상의 감정을 표현할 수 있다고 믿기 때문이다. 온라인에서도 잔잔한 물결이 이는 대화를 하고 싶다.

겉으로
쿨한 사람,

속으로
꿍한 사람

우리 집 뒷산에 자주 오른다. 이 산에는 등산객뿐만 아니라 산악자전거를 타는 사람들도 많은데, 가끔 비매너로 자전거를 타는 사람들 때문에 '속도를 줄이시오'와 같은 플랜카드가 산 곳곳에 걸려 있다. 나 역시 너무 빠른 속도로 지나가는 산악자전거 때문에 놀란 경험이 있어 늘 뒤에서 내려오는 자전거를 예의 주시하며 하산을 했다.

그날도 뒤에서 달려오는 자전거 소리를 들어 최대한 길의 한쪽 끝으로 붙어 내려가고 있었다. 그런데 한 자전거가 눈 깜짝할 속도로 바로 내 옆에 붙어 "쌩~" 하고 지나갔다. 내 왼쪽 팔과 겨우 10cm 정도 떨어져서 말이다. 순간 너무 깜짝 놀라

"미친 거 아니야?"라는 소리가 절로 나왔지만 자전거를 탄 이에게 들릴 정도는 아니었다. 지금이라도 소리를 질러 저 사람을 불러 세울까, 싶었지만 입 밖으로 소리가 질러지지는 않았다. 실수였을 수도 있으니까.

하지만 그것이 실수가 아니었음을 깨달은 건, 자전거가 내 앞에 걷고 있던 부부를 향해 달려가는 모습을 보고서였다. 길 한쪽으로 붙어 걷던 부부 옆으로 지나갈 자리가 넉넉했음에도 자전거는 이상하리만큼 그들을 향해 달렸다. "어, 어, 어!" 하는 찰나에, 자전거가 부부를 박을 듯이 위협하다가 핸들을 급히 꺾어 도망쳤다. 놀란 아내가 남편의 팔을 잡아당겼고, 부부는 나처럼 놀란 얼굴로 잠시 자전거가 지나간 그 길에 멍하니 서 있었다. 만약 두 경우 다 자전거의 '실수'였다고 하더라도, 그가 내 몸을 크게 다치게 할 만큼 위협을 했다는 사실은 변함없었다. 상대방의 실수든 아니든, 그에게서 위협을 느꼈다면 응당 사과를 요구하는 것이 당연하다. 만약 내가 그때 소리를 지르고, 화를 냈다면 같은 방법으로 다른 사람들까지 위협하지는 않았을 것이다. 뒤늦은 후회에, 자전거를 쫓아가 보려고 했지만 이미 자전거는 멀리 사라져 버렸다. 나는 부부에게 괜히 미안했고, 한동안 화가 가라앉지 않았다.

화는 웬만하면 참는 것이라고 배웠다. 윗사람에겐 순종하고, 동등한 사람에겐 선의를 베풀고, 아랫사람에겐 아량을 베풀라고. 그런데 얼마만큼의 화를, 몇 번 참으라고는 배우지 못했다. 이유가 있겠지, 저 사람도 완벽한 사람은 아니니까, 다음번에는 그러지 않겠지, 하며 화를 참는 동안 나는 겉으로는 쿨한 사람, 속으로는 꿍한 사람이 되었다. 화를 참는 것도 습관이다. 그날, 내가 달려오는 자전거에게 소리를 지르지 못했던 이유도, 참는 습관에서 비롯되었을 것이다.

『오늘도 참기만 하는 당신을 위한 심리학』을 쓴 심리상담 전문가, 오시마 노부요리에 따르면 우리가 특정 상황에 화를 내는 것은 곧 위험한 상태에 있다는 것을 스스로 인지하는 행위이다. 화가 난 그 자리에서, 바로 화를 내야 위험에서 벗어나 나의 안전을 확보할 수 있다고 그녀는 설명한다. 분노 조절 장애가 있는 사람이 아니고서야 아무 이유 없이 화가 날 리는 없으니까. 타인의 상황을 너무 고려한 나머지 내 안의 화를 자꾸 무시하다 보면, 나를 지키는 힘은 줄어들 수밖에 없다. 그래서 화의 크기가 작을 때, 그만한 크기의 화를 내고 말할 줄 알아야 속이 쿨한, 진정으로 행복한 사람이 될 수 있다.

이상하다고
생각하면

머리가
이상해져요

학창 시절 내가 가장 좋아하는 운동은 피구였다. 운동을 잘하는 편이었던 나는 피구 시합을 하면 항상 끝까지 살아남았고, 그런 내가 마치 우리 반의 영웅이 된 것처럼 친구들이 한목소리로 나를 응원해 주는 분위기가 가슴을 쿵쾅쿵쾅 뛰게 만들었다. 문제는 피구에 진심이었던 만큼, 상대 팀에 대한 공격 거리 조절에 실패할 때가 종종 있었다는 것이다. 한번은 내가 던진 공이 상대 팀 선수의 얼굴 쪽으로 향했다. 물론 내 실수는 맞지만 정말로 고의는 없었다. 내가 미안하다고 말하기 전에 반대편에서 "XX년" 하고 욕이 날라왔다. 그때부턴 나도 눈앞에 보이는 게 없어졌다. 그러자 지켜보던 선생님이 과열된 분위기를 가라앉히고는 이렇게 말씀하셨다.

"(공에 맞은 상대 팀 선수에게) 운동하다 보면 당연히 그럴 수 있는 거야, 괜찮아. 그리고 수진이 너도 다음부턴 얼굴 쪽으로는 던지지 않도록 주의하자."

그때 처음 배웠던 것 같다. 스포츠 정신이라는 것에 대해서. 운동을 하다 보면 당연히 상대편 팀과 부딪치기도 하고 상대편 팀이 던진 공에 맞기도 한다. 순간적으로는 자존심이 상하고 억울하기도 하지만 그것이 냉정한 승부의 세계이기도 했다. 패배를 깔끔하게 인정하고 또 다음 시합에서 상대편을 이기기 위해 최선을 다해 몸을 부딪치는 것이 스포츠의 묘미였다. 나는 죄책감을 덜어내고 교실로 들어갔다.

그런데 겨우 중학교 운동장에서도 배웠던 그 스포츠 정신이 전 세계적인 무대에서는 보이지 않는다. 2022 베이징 동계올림픽 쇼트트랙 남자 계주 5000m 준결승을 보는데, 중국팀 선수가 혼자 넘어졌는데 어드밴티지를 받아 결승에 올라가는 어처구니없는 상황이 벌어졌다. 박승희 해설 위원의 말처럼 나는 '무슨 말을 해야 할지 모르겠는' 상황에 빠진 것이다. 이어지는 우리나라 선수들의 경기를 보면서도 사실 '이걸 봐야 무슨 소용이 있나' 싶은 생각까지 들었다. 어차피 우승은 정해져 있는 것이 아닌가. 그럼에도 이날 우리 팀은 정말 멋있게 결승 진출을 했다. 마지막 주자였던 곽윤기 선수가 두 번째 자리에서 순식간에 폭발적인 속도로 첫 번째 자리를 차지하며 팀의 경기력을 향상시킨 것이다.

무기력해진 내게 다시 한번 진짜 스포츠 정신을 알려준 건 곽윤기 선수가 인터뷰에서 한 말이었다.

"금메달의 가치가 훼손된 모습을 너무 많이 봐서 저의 가치를 메달의 색깔로 단정 지으면 안 되겠다고 생각했습니다."

그가 준결승에서 보여준 건, 결승선을 통과하는 순서나 메달의 색깔에 연연하지 않는, 자신만의 '투지'였다. 어이없는 편파 판정에 나도 이렇게 화가 나는데, 우리나라 선수들은 오죽할까 싶었지만, 곽윤기 선수를 포함해 그들은 의외로 담담하고 해맑아 보였다. 편파 판정에 굴복하고 우는 것이 아니라 그것을 뛰어넘겠다는 의지가 있기에 가능한 모습이었다.

장류진 소설집 『일의 기쁨과 슬픔』에서는 일반적인 상식으로 이해할 수 없는 상황을 두고 '이상하다'라는 생각을 하지 말아야 한다고 이야기한다. 무언가 잘못됐지만 현실적으로 혹은 구조적으로 바꾸기 힘든 일이라면 이상하다는 생각을 하기보다는, 거기에서 벗어나 내 의지로 바꿀 수 있는 것들을 찾아 노력하는 태도가 중요하다는 의미이다.

괜히 이상하다고 생각해서 내 머리만 이상해지기보다는 정직한 태도로 내 갈 길을 가며 스스로의 가치를 만들어 낸 우리나라 대표팀에게 박수를 보내고 싶다. 그리고 과거에 내가 배운 것처럼, 정정당당한 스포츠 정신으로 스포츠를 하는, 부끄러움 없는 세상이 돌아왔으면 좋겠다.

저,

잠깐
할 말 있어요

"저, 잠깐 할 말 있어요."

Mnet 〈언프리티 랩스타〉 1에서 가장 주목받았던 장면을 꼽으려면 래퍼 제시가 손을 들고 이 말을 외치는 장면일 것이다. 〈언프리티 랩스타〉는 여자 래퍼들이 오로지 랩 실력만으로 경쟁하는 프로그램인데, 제시는 경쟁 상대들이 자신의 성격이나 '분위기를 다운시킨다'는 이유로 낮은 점수를 주는 행동에 대해 부당하다고 생각했다. 결국 그녀는 다 같이 모인 자리에서 손을 들고 일어나 "This is competition(이건 경쟁이야)"이라고 말하며 또 한 번 분위기를 차갑게 만들었다.

손을 들고 자리에서 일어나는 제시의 모습 위로 과거 내 모습이 겹쳐 보였다. 회사를 다닐 때, 퇴사하겠다는 직원이 얄미워 정상 퇴직 처리를 해주지 않는 상사가 있었다. 그는 남아 있는 직원들을 앉혀놓고 실컷 그 직원에 대한 분노를 표출하더니 혹시 할 말 있는 사람 있냐고 물었다. 나는 할 말이 있다며 손을 들고 "저도 퇴사하겠습니다"라고 말했다. 자발적으로 퇴사를 할 수도 없고, 퇴사를 한다는 이유만으로 욕을 먹어야 하는 회사에서 더 일하고 싶지 않았다. 그리고 나의 이 행동으로 회사가 조금이나마 잘못된 행태를 바로잡았으면 했다. 물론, 사회 초년생의 패기가 있을 때나 가능한 일이지, 지금 다시 하라면 간담이 서늘해서 하지 못한다.

흘러가는 방향대로 흘러가게 두지 못하고, 왜 굳이 힘들게 손을 들고 일어나서 분위기를 불편하게 만들었을까. 어릴 적엔 그저 남들보다 앞에 나서길 좋아해서 그런 줄 알았지만, 어른이 되고 보니 그것은 단순히 나대는 것과는 다른 차원의 일이었다. 부당함을 참지 못하고 조금 더 (자신이 생각하는) 공정한 방향으로 바꾸어 나가려는 힘이 남들보다 강력했기 때문이었는지도 모른다.

요새는 예전에 비해 "저 잠깐 할 말 있어요"라고 말하며 손을 들 에너지가 많이 없어졌다. 제시가 상대 래퍼들을 향해 부당함을 쏟아낼 때 상대 래퍼들은 속으로 '누가 이 상황을 빨리 좀 끝내줬으면'이라고 생각했을 것처럼, 나도 다수에 파묻혀 불편한 상황이 빨리 끝나기만을 기다리기도 한다. 그래 보니 알겠다. 그게 얼마나 마음 편하고, 둥근 모서리처럼 안전한 일인지. 군이 뭐하러 할 말 있다고 손을 들고 나서서 '상황을 불편하게 만드는 애'라고 손가락질 당하면서 사는가 싶을 때가 이제는 더 많으니까.

그럼에도 손을 들고 퇴사하겠다고 말한 그 순간은 내 평생 가장 잘한 일 중 다섯 손가락 안에 꼽힌다. 방법은 다소 어리숙하고 거칠었으나 그때 손을 들지 않았더라면 나는 여전히 그렇게 부당한 대우를 받을 만한 사람이라는 생각에 사로잡혀, 내가 가진 가능성을 더 좋은 세상에서 키워볼 생각조차 하지 못했을 것이다.


만약 제시가 분위기를 다운시킨다는 이유만으로 낮은 점수를 받으면서도 할 말을 못 했다면, 그래서 랩 실력을 키우기보다는 분위기를 띄우는 분위기 메이커로 거듭났다면 어땠을까. 예능상은 받았을지 몰라도 실력 있는 래퍼라는 평가를 받기는 힘들지 않을까?

손을 든다는 건, 바꾸겠다는 의지다. 개인의 부당함에 대해 할 말이 있는데, 상황을 불편하게 만들까 봐, 혹시라도 피해를 줄까 봐 고민이라면 자리를 박차고 일어나 "This is competition"을 외치던 제시를 떠올려 보자. 일은 일답게 하자고 말할 것인가, 분위기 메이커가 될 것인가. 이 사회는 언프리티랩스타가 아니지만, 분위기 메이커만 가득한 사회에 변화는 없다. 분위기 메이커는 회식 시간의 활약으로 충분하다.

# 나답게 쓰는 날들

| | |
|---|---|
| 초판 1쇄 | 2022년 4월 15일 |
| 지은이 | 유수진 |
| 발행인 | 유철상 |
| 편집장 | 정은영 |
| 기획·편집 | 박다정 |
| 디자인 | 노세희, 주인지, 조연경 |
| 마케팅 | 조종삼, 윤소담 |
| 콘텐츠 | 강한나 |
| 펴낸곳 | 상상출판 |
| 출판등록 | 2009년 9월 22일(제305-2010-02호) |
| 주소 | 서울특별시 성동구 뚝섬로17가길 48, 성수에이원센터 1205호(성수동2가) |
| 전화 | 02-963-9891 |
| 팩스 | 02-963-9892 |
| 전자우편 | sangsang9892@gmail.com |
| 홈페이지 | www.esangsang.co.kr |
| 블로그 | blog.naver.com/sangsang_pub |
| 인쇄 | 다라니 |
| 종이 | ㈜월드페이퍼 |

ISBN 979-11-6782-003-7 (03810)
ⓒ2022 유수진